A casa dos pequenos cientistas

A casa dos pequenos cientistas

Experiências interessantes para você mesmo fazer

JOACHIM HECKER

Ilustrações
Sybille Hein

Ortografia atualizada

wmf martinsfontes

SÃO PAULO 2019

Dedico este livro à minha filha, Karla, e a todas as crianças que, como ela, são curiosas e se divertem tanto com coisas novas, que sempre querem saber mais! Agradeço de coração à minha mulher, Lisa Moorwesel, o apoio carinhoso e o entusiasmo enquanto eu escrevia o livro.
Joachim Hecker

Para meu pai, que achava impossível que um dia eu entendesse o efeito Doppler.
Sybille Hein

Esta obra foi publicada originalmente em alemão com o título
DAS HAUS DER KLEINEN FORSCHER
por Rowohlt Berlin Verlag
Copyright © 2007 by Rowohlt Berlin Verlag GmbH Berlin
Ilustração da capa © Sybille Hein
Copyright © 2011, Editora WMF Martins Fontes Ltda.,
São Paulo, para a presente edição.

1ª edição 2011
3ª tiragem 2019

Revisão técnica do alemão
Dr. Stephan Gühmann e Eng. Katrin Weber

Tradução
GERCÉLIA BATISTA DE OLIVEIRA MENDES

Revisão da tradução Monica Stahel
Acompanhamento editorial e preparação Luzia Aparecida dos Santos
Revisões gráficas Ana Maria de O. M. Barbosa, Marisa Rosa Teixeira
Edição de arte Katia Harumi Terasaka
Produção gráfica Geraldo Alves
Paginação Moacir Katsumi Matsusaki

Dados Internacionais de Catalogação na Publicação (CIP)
(Câmara Brasileira do Livro, SP, Brasil)

Hecker, Joachim
 A casa dos pequenos cientistas / Joachim Hecker ; ilustrações Sybille Hein ; [tradução Gercélia Batista de Oliveira Mendes]. – São Paulo : Editora WMF Martins Fontes, 2011.

 Título original: Das Haus der kleinen Forscher.
 ISBN 978-85-7827-396-5

 1. Contos – Literatura infantojuvenil I. Hein, Sybille. II. Título.

11-02424 CDD-028.5

Índices para catálogo sistemático:
1. Contos : Literatura infantil 028.5
2. Contos : Literatura infantojuvenil 028.5

Todos os direitos desta edição reservados à
Editora WMF Martins Fontes Ltda.
Rua Prof. Laerte Ramos de Carvalho, 133 01325-030 São Paulo SP Brasil
Tel. (11) 3293.8150 e-mail: info@wmfmartinsfontes.com.br
http://www.wmfmartinsfontes.com.br

Índice

Saudações 7
Prefácio 8
Aventurando-se com os pequenos cientistas 11

    O moto-perpétuo sumiu – Decifração 15
    Um elefante com dor de dente – Efeito dos ácidos 20
    Psiu, altamente sigiloso! – Criptografia 24
    Espaço, aí vamos nós! – Catapulta 29
    Desenhos misteriosos das cavernas – Impressão 33
    O monstro do lago Molhado – Vasos comunicantes 38
    Cuidando do dragão – Soluções 44
    Brincadeiras de dragão – Impulso 50
    Primeiros socorros – Respiração 55
    Brincadeiras de cavaleiros – Sucção 60
    Uma boa competição – Vácuo 65
    O tesouro no fundo do lago – Escafandro 69
    A casa com dor nos pés – Válvula 73
    Pedindo socorro com a bexiga – Corrente de ar 78
    A baleia encalhada – Tubulações 82
    Que bela surpresa! – Oval 88
    Adeus aos dragões – Pasta de amido 93
    Cuidado, a barragem se rompeu! – Bola de areia 98
    Deitados mas em pé – Equilíbrio 104
    Salvando o monstro! – Absorção 109

Sobre o autor e a ilustradora 113

Saudações

Queridos leitores e leitoras,

Devemos nos empenhar ao máximo para estimular a curiosidade de nossas crianças e despertar sua sede de saber, tendo em mente que a fase pré-escolar é tão importante quanto o período escolar em si. A uma creche moderna cabe cuidar da criança, sim, mas também ensinar e educar. É indiscutível que também faz parte de sua tarefa iniciar o contato com as ciências naturais e a tecnologia.

Esta obra é fruto de um projeto desenvolvido na Alemanha com o objetivo de promover entre as crianças o estudo e a compreensão das ciências por meio de experiências. Trata-se do projeto Das Haus der kleinen Forscher [A casa do pequeno cientista], apoiado pelo governo e por diversas empresas. Apesar da origem do livro, seus autores mantiveram inteira autonomia quanto ao conteúdo e à organização do volume.

Na verdade, as experiências sugeridas dirigem-se sobretudo aos adultos, para que estimulem e acompanhem desde cedo o contato das crianças com as ciências naturais, a partir da produção e observação de fenômenos simples, que muitas vezes até fazem parte do seu cotidiano. Esperamos que adultos e crianças se divirtam muito com a leitura e com as experiências deste livro.

Dr. Annette Schavan
Ministra da Educação e Pesquisa da Alemanha

Prefácio

As crianças Carla, Luísa e Vicente e o gato Beleléu moram na casa dos pequenos cientistas. Durante a noite, eles são acordados pela respiração ofegante e pelos lamentos de um elefante que está com dor de dente. Conseguem curar a dor do elefante e, com um experimento, explicam como se formam as cáries dos dentes.

As crianças são curiosas e têm vontade de saber. Querem experimentar e entender o mundo à sua volta. Por isso, Joachim Hecker, jornalista científico e pai, criou para este livro a história do elefante com dor de dente e muitas outras. Cada capítulo ilustrado conta uma história ligada a um determinado fenômeno físico, químico ou biológico. No final, um experimento simples explica o fenômeno relatado.

Com suas histórias e experiências, este livro tem o objetivo de despertar o interesse das crianças pelas ciências naturais.

Esses experimentos podem ser realizados por educadores e educadoras em creches, jardins de infância e outras instituições pré-escolares. Também podem ser realizados em casa, de preferência com o acompanhamento dos pais, que poderão ajudar na montagem e terão condições de dar as explicações necessárias com maior precisão e clareza.

As experiências propostas neste livro são fáceis de realizar. Empregam objetos simples, do cotidiano, que muita gente deve ter em casa. Se for preciso comprá-los, decerto serão fáceis de encontrar e custarão barato. De uma maneira lúdica, as crianças são levadas a compreender e explicar fenômenos de ordem natural, passando a observar seu mundo de modo mais atento e consciente. O principal é que tudo aconteça de maneira leve e divertida, pois, quando aprender é divertido, os resultados são sempre melhores.

Fazer as experiências em pequenos grupos também é uma boa sugestão. Refletindo e discutindo em conjunto as observações feitas, as crianças aprendem a se expressar com precisão, a considerar as opiniões dos outros e a perceber a importância da contribuição de cada um para enriquecer o conhecimento de todos.

Assim, convidamos pais, professores, avós, tios, ou seja, educadores em geral, a estimular e acompanhar suas crianças nessa viagem de descobertas que as levará a apreciar e entender o que acontece no mundo à sua volta. Vocês perceberão, encantados, que em cada criança existe um pequeno cientista à espera da oportunidade para desabrochar.

Mapa sinóptico   1:500000
A casa dos pequenos cientistas

Aventurando-se com os pequenos cientistas

Que tal um mundo com campos, montanhas, florestas e lagos, habitado por cavaleiros valentes, dragões que cospem fogo, monstros terríveis e extraterrestres que chegam de algum lugar distante do universo! Pois é nesse mundo que vivem os pequenos cientistas, um grupo de crianças curiosas e espertas, que vivem aprontando. De vez em quando, entre uma aventura e outra, elas acabam brigando, mas sempre que possível ajudam umas às outras. Além disso, as crianças têm um passatempo em comum: pesquisar! Adoram investigar o mundo. Querem conhecer e entender tudo o que acontece à sua volta, e também aplicar seus conhecimentos. Com isso, os pequenos cientistas tornam sua vida, e a de outras pessoas, mais bonita, agradável e simples.

Essas crianças moram juntas numa casa em que não há adultos. E tem mais: a casa tem pés, ou seja, pode andar. É principalmente à noite, quando as crianças estão dormindo, que ela sai andando pelo mundo. De manhã, ao acordar, muitas vezes as crianças percebem que estão num lugar estranho, quase sempre cheio de surpresas. Os pequenos cientistas gostam disso, gostam de lugares desconhecidos cheios de coisas novas para descobrir. Na casa existe um laboratório de verdade, onde as crianças podem pesquisar e fazer experiências. Quando elas encontram alguma coisa que querem examinar bem de perto, correm para o laboratório. E, quando está chovendo, elas passam o dia no laboratório, observando o que já sabem e aprendendo o que não sabem.

Já nem sei quantas crianças moram na casa dos pequenos cientistas, e não me lembro muito bem dos nomes de todas elas. Mas, por alguma razão, guardo bem os nomes de Carla, Luísa e Vicente. São crianças simpáticas e inteligentes, de quem gosto muito. E também gosto muito do gato Beleléu.

Vou apresentar a vocês esses pequenos cientistas, e espero que se divirtam muito com eles. Cordialmente,

Joachim Hecker

E nós esperamos que você faça conosco os experimentos que estão descritos no final de cada história. É assim que funciona:

Você vai precisar de:
- Ingredientes e materiais que provavelmente existem na sua própria casa. Muitas vezes, é alguma coisa que você encontra na cozinha.

ATENÇÃO: alguns experimentos devem ser feitos de preferência na presença de um adulto.

Comece assim:
Aqui, você aprende a montar a experiência.

Continue assim:
Aqui, você vai ver como desenvolver a experiência.

Veja o que acontece:
Aqui vem a descrição do que você pode ver, ouvir, ou sentir pelo tato, odor ou paladar na experiência.

E por que acontece:
Como decerto você vai querer saber por que isso acontece, aqui vem uma explicação.

Observações interessantes:

Aqui são apresentados, de forma simples e resumida, pontos importantes sobre a experiência.

Para os mais curiosos:

As informações que aparecem aqui são um pouquinho mais complicadas. Elas se dirigem principalmente aos leitores mais velhos que queiram saber um pouco mais.

Dica:

Se você tiver vontade de modificar um pouquinho a experiência, fazer experiências novas ou pesquisar mais, veja algumas ideias aqui.

O moto-perpétuo sumiu

– Ora bolas! – Vicente estava furioso. Remexeu seus papéis, deu uma olhada em todos os desenhos, mas não conseguiu encontrar nada. – Hoje de manhã coloquei aqui o projeto do meu moto-perpétuo, e agora ele sumiu – o menino gritou para os amigos, desconsolado. – Vocês podem me ajudar?

Vicente era genial, mas muito desorganizado. Por isso ninguém estranhou que ele tivesse perdido alguma coisa. Não adiantava procurar o projeto ali atrás no laboratório, onde a mesa, a cadeira e todo o chão estavam cobertos de folhas de papel com anotações. Até nas paredes havia desenhos de Vicente, pregados em três camadas, uma por cima da outra!

Luísa pegou Vicente pelo braço e perguntou:

– Você lembra quando viu o projeto pela última vez?

– Ontem à noite, na cama, eu esbocei todo o projeto. Agora o trabalho foi todo por água abaixo!

De fato, na cama do Vicente, por cima das cobertas, estava um grande bloco de desenho. Mas a folha de cima estava em branco. Ninguém sabia o que fazer. Então, Carla resolveu agir.

– Você desenhou seu projeto naquele bloco? – ela perguntou ao Vicente.

– Foi – o menino respondeu.

Carla pegou o bloco e um lápis. E aí foi tudo muito rápido: ela passou o lápis de leve sobre toda a folha, até deixá-la toda cinza por igual. Mas, olhando com atenção, dava para reconhecer muito bem linhas, círculos e letras claras no meio do cinza.

– Por acaso é este o seu moto-perpétuo? – Carla perguntou.

Vicente arregalou os olhos.

– Como você fez isso? – o menino perguntou, admirado.

– Ora, isso se chama preservação de vestígios – Carla respondeu, orgulhosa. – Já ouviu falar?

Vicente, todo feliz por ter recuperado seu desenho, ficou no laboratório até tarde da noite, concluindo o projeto de construção do seu misterioso moto-perpétuo.

Quer saber como Carla conseguiu recuperar o desenho? É muito fácil, mas tem alguns truques.

Você vai precisar de:
- 2 folhas de papel
- 1 caneta esferográfica
- 1 lápis macio

Comece assim:

Coloque uma folha em cima da outra, de preferência sobre uma base macia, que pode ser, por exemplo, uma mesa forrada com uma toalha. Então, calcando bem a caneta esferográfica, escreva ou desenhe na folha de cima o que lhe vier à cabeça.

Continue assim:

Quando terminar, coloque de lado a folha com o desenho à caneta e se concentre na folha branca de baixo, que parece vazia. Agora passe um lápis macio sobre toda essa folha. Passe o lápis bem de leve e de lado, sem usar a ponta da grafite.

Veja o que acontece:

De repente, tudo reaparece! O que você tinha escrito na primeira folha de papel agora aparece nesta outra, em traços brancos sobre o fundo cinza que você fez com o lápis.

E por que acontece:

Quando você escreve com força sobre a primeira folha de papel, a caneta deixa o papel de baixo marcado com traços fundos.

Ao sombrear a folha, a parte plana da grafite passa por cima das marcas fundas dos traços da caneta. Essas marcas ficam sem colorir e aparecem como linhas brancas claramente visíveis sobre o papel colorido de cinza.

Observações interessantes:

- Quando se escreve, marca-se o papel. A caneta colore e pressiona os lugares por onde passa, deixando uma marca. Passando a mão de leve pela frente do papel, dá para sentir essa marca mais funda, como um sulco. Passando a mão pelo verso do papel, dá para sentir essa marca em relevo, como uma saliência. Existe uma forma de escrita feita apenas de marcas e que pode ser reconhecida pelo tato. É a chamada escrita "braille", para ser lida pelos portadores de deficiência visual. Hoje em dia, ela aparece em vários lugares, como, por exemplo, em embalagens de remédios e em placas dentro dos elevadores.
- Se você quiser deixar uma mensagem secreta, escreva numa folha de papel usando uma caneta esferográfica com a carga vazia. Nada ficará visível. Para alguém conseguir ler, terá primeiro que sombrear o papel passando um lápis macio, de leve e bem de lado.

Para os mais curiosos:
Baseada nesse mesmo princípio, a polícia consegue recuperar anotações de criminosos. Se um bandido escrever alguma coisa num bloco de notas e arrancar a folha, a anotação dele vai ficar marcada na folha de baixo. Assim, por exemplo, a polícia pode ficar sabendo de números de telefone importantes que levem à sua captura. Além disso, é possível reconhecer a letra do criminoso, o que poderá ajudar a identificá-lo. Essa área de conhecimento que cuida da elucidação e da prevenção de crimes se chama "criminalística".

Mas a polícia criminal utiliza técnicas ainda mais aprimoradas, para que nenhum vestígio seja apagado ou alterado. Por isso, é claro que a polícia não passa um lápis sobre o papel para tornar os traços visíveis. Nesse caso, ela usa uma técnica conhecida como ESDA, abreviação de "ElektroStatic Detection Apparatus", que torna visíveis cargas eletrostáticas. O procedimento é o seguinte: um filme plástico fino e carregado eletrostaticamente é esticado a vácuo sobre a folha de papel que deve ser analisada. Um *toner* especial, ou seja, um pó plástico muito fino, torna visível, sobre o filme, o que está escrito no papel. O pó só se assenta sobre os pontos em que algo foi escrito. A técnica ESDA também é rápida: em menos de dez minutos, são detectados vestígios deixados numa folha de papel. Essa técnica permite a identificação de vestígios numa profundidade de até seis folhas abaixo do original.

É admirável que tocar normalmente uma folha de papel seja o suficiente para deixar uma marca impressa. A impressão digital fica marcada no papel e pode ser avaliada com ajuda da técnica ESDA. Essa técnica é tão sensível que quase daria para "ler" no asfalto a marca dos pneus de um carro que passou...

Dica:
A caneta imprime sua marca em várias folhas. Coloque cinco folhas, uma em cima da outra, e escreva sobre a folha de cima uma mensagem secreta. É bem visível a marca dessa mensagem original nas folhas de baixo? A partir de qual folha já não dá para ler o que foi escrito?

A propósito, esse princípio também funciona se você sombrear o verso da segunda folha. Nesse caso, as linhas é que ficarão mais escuras – como no decalque das moedas, na experiência "Desenhos misteriosos das cavernas", na página 33.

Se ainda tiver em casa alguns papéis prateados ou dourados que sobraram do Natal, você poderá gravá-los ou marcá-los com um lápis bem apontado e, assim, imprimir na folha belos padrões ou desenhos.

Um elefante com dor de dente

Na manhã seguinte os pequenos cientistas acordaram transpirando de calor. É que durante a noite a casa tinha andado até a África. As crianças só tinham sentido um balanço gostoso embalando o sono delas. A casa, no entanto, ficou com bolhas nos pés, e suas estruturas de madeira estavam até estalando. Aos estalos se misturava um estranho ruído, que parecia um barrido choroso. Não era nada ameaçador, embora viesse de um elefante grande que esfregava as costas num canto da casa. Carla foi a primeira a sair.

– O que é que você tem? – ela perguntou ao elefante.

– Acho que ele está com dor de dente – disse Vicente, que apareceu na porta, de pijama, cambaleando de sono.

O elefante, de fato, parecia aflito, e suas presas enormes estavam sujas.

– Se estão pensando que isso é sujeira, estão redondamente enganados – disse Luísa aos outros cientistas, que a essa altura já estavam todos fora da casa. – Isto aqui é cárie – ela disse, batendo numa parte escura da presa. – É o que acontece quando não escovamos os dentes direito. Ou quando não escovamos nunca, entenderam?

Efeito dos ácidos

O elefante baixou os olhos, envergonhado. Na mesma hora Vicente foi até o porão, pegou a furadeira, um pacote de argamassa e voltou para onde estavam todos. O elefante ainda não tinha a menor ideia do que estava acontecendo. Dois dos pequenos cientistas taparam os olhos dele e os outros começaram a cantar músicas de ninar em seus ouvidos, até ele cair de lado, roncando. O resto foi feito rapidamente: as crianças removeram as partes escuras com a furadeira, preencheram os buracos com argamassa e, no fim, terminaram o serviço com um bom polimento.

Quando o elefante acordou, a casa dos pequenos cientistas já tinha ido embora havia muito tempo. O animal se levantou e barriu tão alto que deu para ouvir de longe. Mas dessa vez foi de alegria, não de dor.

Quer saber o que as cáries fazem com o dente? Então faça a experiência seguinte.

Você vai precisar de:
- cascas de ovos
- vinagre
- água
- 2 vasilhas pequenas

Comece assim:

Distribua as cascas entre as duas vasilhas. Despeje vinagre em uma delas, até cobrir completamente as cascas. Na outra vasilha despeje água, também até cobrir as cascas.

Efeito dos ácidos

Continue assim:

Na vasilha em que você despejou vinagre, logo surgem umas bolhas. Depois as cascas de ovo começam a subir. Na vasilha em que você despejou água, não acontece nada.

Veja o que acontece:

Depois de mais ou menos um dia, as cascas de ovo cobertas com vinagre desaparecem. Sobram apenas um pouco de espuma boiando no vinagre e um pouco da membrana de dentro da casca. Em compensação, as cascas cobertas de água continuam do mesmo jeito.

E por que acontece:

As cascas de ovo são compostas de cálcio, que é sólido, mas não são muito resistentes. Dá para quebrá-las com uma colher. E no vinagre elas se dissolvem. Mas elas não se dissolvem na água, como acontece com o açúcar. O vinagre contém ácido acético, que agride o cálcio da casca de ovo. O cálcio é transformado pelo ácido acético em dois outros elementos. A prova disso são as bolhas que sobem no início do processo. Essa transformação é chamada de reação química.

Observações interessantes:
- Os ácidos são agressivos e corroem até mesmo materiais sólidos.
- Nem todos os ácidos apresentam a mesma concentração. Existe um papel especial, chamado papel de tornassol, que serve para testar a concentração dos ácidos. Esse papel fica vermelho quando mergulhado num ácido. Quanto mais vermelho ele fica, mais concentrado é o ácido. O papel de tornassol não muda de cor quando imerso em água, porque ela é neutra. Quando mergulhado numa solução básica ou alcalina, o papel fica azul.
- Até bases ou soluções alcalinas podem ser agressivas, como a lixívia, por exemplo, que dissolve a sujeira.

Para os mais curiosos:

Os ácidos não aparecem apenas no laboratório ou em alimentos como vinagre e limão. Eles existem até mesmo na boca, e são responsáveis pelo apodrecimento dos dentes, formando buracos que chamamos de "cáries". Na nossa boca pululam milhões de micróbios. Alguns deles, as bactérias da cárie, se alimentam dos carboidratos que encontram em nossa boca e liberam ácidos. Esses ácidos corroem nossos dentes, compostos de cálcio. Os doces, principalmente, fornecem o melhor tipo de alimento às bactérias famintas. O único jeito de nos livrarmos dessas bactérias é escovarmos os dentes e lavarmos a boca com frequência.

Na verdade, as pessoas nascem sem as bactérias da cárie e só com o tempo é que são infectadas.

Dica:

Osso de galinha e giz, por exemplo, são fáceis de encontrar e também são compostos de cálcio. Coloque-os também no vinagre e observe o que acontece.

Efeito dos ácidos

Psiu, altamente sigiloso!

Só quem briga pode ficar de bem. Foi o que aconteceu com os pequenos cientistas. E agora estamos falando especificamente de Vicente e Carla. Vicente, de fato, sempre sabia tudo melhor. Sem dúvida ele era genial, mas não precisava ser tão exibido. Além do mais, muito curioso, vivia bisbilhotando no laboratório e xeretando os desenhos e projetos dos outros. Era demais!

Certo dia, no laboratório, Vicente ficou espantado quando viu Carla pegar uma vela de Natal. E isso em pleno mês de julho! Em seguida, viu Carla esfregar a vela num papel. Parecia que ela estava escrevendo ou desenhando alguma coisa secreta, bem ali, na frente de todo o mundo. Vicente ficou muito curioso e fez tudo para não perder Carla de vista. Ela misturava líquidos, aquecia substâncias, colhia amostras com a pipeta e ia fazendo um monte de anotações com a vela. Pena que ele não conseguia ver o que Carla tanto escrevia e desenhava.

De repente, Carla voltou-se para ele:

– Você não está nem um pouquinho curioso, não é?

Vicente fingiu estar muito ocupado, fazendo sua experiência. Ufa! Precisava disfarçar melhor. Então ele passou a observar Carla com o rabo dos olhos, enquanto ela prosseguia sua estranha atividade.

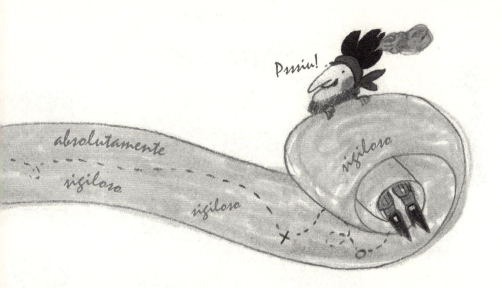

Finalmente, Carla terminou.

– Tchau! Divirtam-se! – ela gritou, saindo do laboratório com um maço de papel debaixo do braço. Mas o que seria aquilo? Ainda bem que Carla tinha esquecido uma folha. Que sorte! Vicente apanhou a folha e a segurou contra a luz. Não dava para ver nada. Enfiou a mão na gaveta e tirou sua caixa de aquarela. Pincelou cuidadosamente o papel com um pouco de tinta azul. E, de fato, lá estava escrito muito claramente: "Quem ler isto é um idiota!"

Aquele dia, Vicente saiu do laboratório mais cedo do que de costume. E vermelho de vergonha! Escritas secretas são uma coisa inteligente. Quer experimentar o truque de Carla?

Criptografia 25

Você vai precisar de:
- velas brancas finas
- papel de desenho
- aquarela

Comece assim:

Segure a vela como se fosse um lápis, mas de ponta-cabeça, com a parte chata para baixo e a ponta do pavio para cima.

Continue assim:

Agora, com a vela, faça um desenho: pode ser um mapa do tesouro, um objeto, um animal, um menino, uma menina, o que você preferir. Se você sabe escrever, escreva uma mensagem secreta.

Isso não é muito fácil, pois não dá para ver o traço que a cera da vela deixa no papel. Se você inclinar um pouco a folha na direção da luz, talvez a cera brilhe um pouco e você possa ver se saiu tudo como queria.

Veja o que acontece:

Quando precisar do mapa para achar o tesouro, você terá que torná-lo legível. Pegue a aquarela e pincele o papel com uma camada fina de tinta, da cor que quiser. Então o desenho vai aparecer.

E por que acontece:

A cera da vela repele a água. A aquarela é uma tinta à base de água, por isso ela não consegue tingir os traços feitos com a cera. Além disso, a cera torna o papel impermeável e impede que a água penetre nele. Por isso, quando você passar a aquarela no papel, as partes cobertas de cera continuarão brancas.

Observações interessantes:

- Qualquer um pode carregar um papel desenhado com cera sem despertar suspeitas. Quem não souber que nele há uma mensagem secreta não terá a ideia de pincelar a folha com tinta de aquarela.
- A mensagem secreta escrita na folha aparece como um "negativo" de fotografia. Geralmente, escritos e desenhos aparecem em preto ou coloridos sobre branco. Nesse caso, é o contrário. Os traços escritos ou desenhados aparecem em branco, o papel de fundo aparece colorido.
- Muitas coisas podem ser protegidas da umidade com cera ou gordura. É por isso que se aplica cera ou graxa no couro dos sapatos, para impermeabilizá-los. E cera automotiva nos carros para que a água da chuva escorra pela pintura.

Para os mais curiosos:

Em tempos muito antigos já havia a preocupação em transmitir mensagens importantes da maneira mais secreta possível. A ciência que trata desse assunto chama-se criptologia. Existem, basicamente, duas possibilidades. Pode-se transportar uma mensagem secreta escondida, de modo que ninguém a descubra. Outra possibilidade é transportá-la abertamente, mas codificada, de modo que ninguém possa decifrá-la.

O estudo e uso de códigos para ocultar o significado de uma mensagem chama-se criptografia. Na Grécia antiga, usava-se raspar a cabeça de um escravo e tatuar uma mensagem em seu couro cabeludo. Quando o cabelo voltava a crescer e escondia a mensagem, o escravo era enviado ao receptor, que mandava raspar sua cabeça novamente para ler a mensagem.

Durante a Segunda Guerra Mundial, mensagens eram transmitidas abertamente, mas de maneira dissimulada. Eram ocultadas em inocentes desenhos de moda – por exemplo, na estampa de bolinhas de um vestido.

Na época da Guerra Fria, existia o "rádio espião". As cifras eram lidas durante horas em um rádio de ondas curtas. Eram mensagens secretas, vindas de Berlim Oriental, por exemplo, para agentes do Ocidente. Estes conseguiam recebê-las normalmente pelo rádio, mas só eles conseguiam decifrá-las e, assim, obter instruções secretas.

Dica:
Em princípio, você também pode fazer esse experimento com outros materiais que se repelem. Desse modo, poderá escrever sobre um papel com uma borracha e tornar a escrita visível com um solvente aquoso.

Espaço, aí vamos nós!

– Quero ir para a Lua! – Carla exclamou, na hora do café da manhã.

Todos ficaram calados.

– Para a Lua? – estranhou Vicente.

– Isso mesmo, para a Lua! – confirmou Carla. – Quem topa me ajudar?

De início, as crianças hesitaram, mas depois do café todos acabaram indo para a frente da casa. Eles passaram a noite toda serrando, martelando, parafusando e... brigando.

Quantas barricas deveriam ser usadas na construção do foguete? Quantas janelas o foguete deveria ter? Onde? Quem subiria a bordo além de Carla? Para fazer o quê? Não era fácil. Luísa deu a ideia de fazer um voo-teste, porque a operação era perigosa. Carla concordou. Mas o gato Beleléu, não. Quando o colocaram na ponta do foguete, a indignação se estampou até nos pelos do bigode dele. Olhava pela janela, desconsolado. "Será que tem comida de gato na Lua?", seus olhos pareciam perguntar. Mas ninguém tinha condições de se preocupar com isso, porque a questão dos autopropulsores tinha que ser resolvida. Velas mágicas ou bombinhas? Vicente se decidiu rapidamente pelas velas mágicas; Luísa vasculhou os armários em busca do que tinha sobrado da festa de ano-novo.

Finalmente chegou o momento tão esperado do lançamento.

– Dez-nove-oito-sete-seis… – foram contando os pequenos cientistas aglomerados em torno do foguete. E finalmente: – Zero… JÁ!

As velas mágicas crepitavam, uma mais do que a outra, mas nada acontecia. Os pequenos olhavam, perplexos, para o foguete fantástico. O gato Beleléu deu um pulo e saiu correndo.

– Nem tudo o que se faz dá certo. Mas a ideia foi ótima – constatou Vicente.

Você também gostaria de construir um foguete? Para construir este modelo, você não vai precisar nem de barricas, nem de velas mágicas, nem de gatos.

Você vai precisar de:
- 1 canudo fino
- 1 canudo mais grosso
- um pouco de massinha de modelar ou cola

Comece assim:

Vede uma ponta do canudo grosso com a massinha de modelar. Você também pode usar outro tipo de massinha ou até cola. O que importa é que a ponta do canudo fique bem vedada.

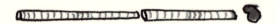

Continue assim:

Coloque o canudo fino entre os lábios, apertando bem firme. Enfie o canudo grosso por cima do canudo fino. Agora, sopre bem forte no canudo fino!

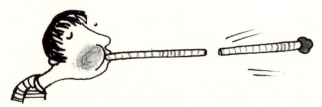

Veja o que acontece:

O canudo grosso sai voando; a altura e a distância do voo dependem da inclinação do canudo na última etapa. Se você o segurar na vertical, ele voará mais alto; se o segurar na horizontal, ele voará mais longe.

E por que acontece:

Quando você sopra no canudo fino, o canudo grosso se enche de ar, que, em busca de espaço, o empurra. A pressão do ar impulsiona o foguete, que ganha força para sair voando, antes de cair no chão.

Observações interessantes:
- Seu sopro impulsiona o canudo-foguete. Dizemos que o foguete atinge uma aceleração. Ele ganha um impulso inicial, como acontece numa catapulta ou numa centrífuga.
- Como não voa no vácuo, mas no ar, o canudo-foguete vai perdendo a aceleração e fica cada vez mais lento. Da mesma forma que a água opõe resistência às suas mãos dentro da piscina, o ar oferece resistência ao canudo, só que não é uma resistência tão forte. Ao mesmo tempo, o canudo-foguete é atraído pela Terra, pela força de gravidade. Por isso, ele não voa em linha reta, mas descreve um arco para baixo.
- A propósito, no espaço o canudo-foguete não pararia de voar. Primeiro, porque no vazio ele não é freado; segundo, porque com a ausência de gravidade ele não seria desviado, mas voaria sempre em linha reta.

Para os mais curiosos:

Assim como um ladrão precisa de uma determinada "velocidade de fuga" para escapar da polícia, o foguete precisa de uma determinada "velocidade de fuga" para se afastar da Terra. Ele precisa alcançar 28.500 km/h para conseguir girar numa órbita em torno da Terra. É a chamada 1ª velocidade cósmica. E, para que ele escape totalmente do campo de atração da Terra, é preciso que atinja 40.320 km/h (2ª velocidade cósmica). A 3ª e a 4ª velocidades cósmicas são as velocidades necessárias para que o foguete consiga sair, respectivamente, do sistema solar e da nossa galáxia, a Via Láctea. Com o princípio da catapulta que vimos neste experimento, não dá para alcançar essas velocidades fantásticas. Por isso, um foguete grande leva sua energia a bordo, em forma de combustível. E impulsiona a si mesmo por alguns minutos, para se colocar na velocidade de fuga necessária.

Dica:

Você pode colocar um leme no canudo grosso, como a dos foguetes de verdade. Para isso, bastam quatro pedaços de fita adesiva, colados dois a dois no canudo.

Outra possibilidade é ver se o canudo fino se encaixa na bomba de sua bicicleta (você pode até usar massinha de modelar para vedar). Com a bomba, é possível acelerar ainda mais o foguete. Com esse apoio técnico, dá para alcançar velocidades e distâncias incríveis. Mas nunca lance o foguete na direção das pessoas, pois se alguém for atingido poderá se machucar muito!

Desenhos misteriosos das cavernas

Aquele dia foi a primeira vez que o gato Beleléu não apareceu para tomar o café da manhã. Preocupadas, as crianças saíram para procurá-lo. Chegaram à porta de uma caverna e ouviram um miado assustado. Entraram e viram lá dentro, no meio da escuridão, os olhos do gato brilhando como dois faróis. Na mesma hora Carla pegou Beleléu e o levou para casa, para acalmá-lo. Os outros ficaram um pouco mais por ali, e de repente Vicente parou e apontou para a parede da caverna.

– Vejam isso! São pinturas rupestres muito antigas.

De fato, nas paredes viam-se desenhos rústicos, rabiscados na pedra. Eles viram claramente um gato com a língua de fora. Também uma casa com pés e uma figurinha humana com uma inscrição embaixo, que parecia ser VICENTE.

– Com certeza, isso tem cem milhões de anos – disse Vicente. – É uma descoberta rara, que pode nos tornar muito famosos.

– Mas quem vai se interessar por isso? – perguntou Luísa, admirada, com a impressão de que aqueles rabiscos tinham alguma coisa familiar.

Impressão 33

– Com essa descoberta vamos receber o Oscar, ou quem sabe até o Prêmio Nobel – disse Vicente, convicto. – Mas como vamos conseguir tirar os desenhos da parede?

– Podemos arrancá-los da parede – disse Luísa.

– E correr o risco de destruí-los? Não, eu tenho uma ideia melhor – disse Vicente. Ele abriu a mochila, tirou folhas de papel e lápis, e distribuiu entre todos. – E agora mãos à obra – ele disse.

E os pequenos cientistas pegaram papel e lápis e decalcaram os desenhos rupestres.

Quando chegaram à casa dos pequenos cientistas, Vicente mostrou todo orgulhoso sua descoberta e apresentou os decalques das paredes das cavernas.

– Decerto foi meu tatatatatatataravô que pintou isso – disse ele.

Só Carla ficou em silêncio. Ficou pensando na tarde do dia anterior, quando tinha saído sozinha para passear. Ela tinha encontrado aquela caverna, onde dava para rabiscar desenhos usando uma pedra pontuda...

Se você ficou interessado em saber como os pequenos cientistas decalcaram os desenhos rupestres, faça esta experiência.

Você vai precisar de:
- 1 folha de papel fino
- moedas
- 1 lápis macio

Comece assim:
Pegue uma folha de papel e uma ou mais moedas. Coloque as moedas sobre uma mesa e ajeite o papel por cima delas.

Continue assim:

Segure o lápis bem de lado e passe a grafite sobre o papel colocado por cima das moedas. Preste bem atenção para que as moedas não escorreguem quando você passar o lápis sobre elas.

Veja o que acontece:

As moedas ficam decalcadas no papel. Você consegue ver todos os detalhes, até o que está escrito.

E por que acontece:

Uma moeda não é totalmente lisa, ela tem inscrições salientes, ou seja, em relevo. Se você passar a ponta dos dedos sobre a moeda, também conseguirá sentir essas saliências. Assim, por exemplo, numa moeda de 50 centavos, aparecem o algarismo "50", a inscrição "centavos", as estrelinhas, alguns traços verticais, o ano de cunhagem da moeda e, além disso, a borda. Quando você passa a ponta do lápis no papel, as partes mais altas da moeda que está embaixo fazem uma pressão mais forte contra o lápis, e por isso nesses pontos o papel fica marcado num tom mais escuro.

Observações interessantes:
- Uma moeda não é lisa, mas tem altos e baixos, como se fossem montanhas e vales.
- Quando se faz o decalque com lápis e papel, as partes mais altas ficam mais escuras no papel.

Impressão

- Se você colocar uma folha de papel sobre a moeda e passar levemente a grafite, somente as marcas das superfícies mais altas ficarão impressas no papel. Esse processo de impressão é utilizado, por exemplo, em carimbos e em antigas máquinas de escrever: só as superfícies mais altas das letras são cobertas com tinta durante a coloração e transpostas para o papel.

Para os mais curiosos:

Esse processo de impressão se chama "impressão em relevo". Nele, somente são cobertas com tinta as partes que deverão ser reproduzidas. O resultado é melhor quando essas superfícies são mais altas. Antigamente, os jornais eram feitos em (e com) alto-relevo; hoje, esse processo de impressão quase já não existe.

Além disso, existe a "impressão calcográfica", que, na Idade Média, era utilizada nas rotogravuras e gravuras e, ainda hoje, é empregada em grandes tiragens de brochuras em cores ou de revistas ilustradas. Nesse caso, o estereótipo tem depressões onde se acumula a tinta usada. Quando o papel é comprimido sobre elas, ele absorve a tinta das depressões.

Hoje, o mais frequente é a "impressão plana", na qual o estereótipo é plano. Mas a superfície é revestida de forma especial. Assim, existem superfícies que rejeitam a tinta e outras que a aceitam e, depois, imprimem sobre o papel. A impressão plana é de confecção barata e rápida.

Hoje são usados processos de impressão digital que surgiram com a computação.

Dica:

Usando esse processo de decalque, você pode fazer moedas de brinquedo para brincar com seus amigos. Também pode reproduzir desenhos, por exemplo, de pratos e copos de vidro lapidados, de capas de livros, pequenos quadros, azulejos ou qualquer outro objeto com decorações em relevo.

O monstro do lago Molhado

Era noite, as crianças estavam deitadas e, de repente, começaram a tremer. Era a primeira vez que isso acontecia. A casa inteira também se agitava. Ela se apoiava ora numa perna, ora na outra, numa estranha inquietação. Tinha estacionado à beira de um lago profundo e escuro, cercado por penhascos escarpados. Não era um cenário agradável, de jeito nenhum. De repente um gemido prolongado e aflito se levantou da água escura. O sangue dos pequenos cientistas congelou. Eles criaram coragem e foram até a janela, de onde avistavam o lago sombrio. Ao fundo formou-se um redemoinho, que foi crescendo e se aproximando.

– Vamos embora daqui! – gritou Luísa.

Mas a casa continuou parada, como se tivesse criado raízes. Tarde demais. Do meio do redemoinho surgiu uma criatura imensa. Os pequenos cientistas nunca tinham visto um monstro como aquele, nem mesmo na imaginação. Então, com voz fraquinha, o monstro falou:

– Desculpem, eu sou o terrível monstro do lago, mas podem me chamar só de monstro.

Carla foi a primeira a cair na risada.

– Você nos assustou, velho monstro. E nós somos as crianças da casa dos pequenos cientistas. O que você quer de nós?

O monstro olhou para eles com cara de súplica.

– Preciso urgentemente da ajuda de vocês – ele disse. – O lago está subindo cada vez mais desde que as comportas se fecharam. Isso até não seria mau, mas acontece que eu não sei nadar. Vivo no leito do lago e só levanto a cabeça da água para me reabastecer de ar. Agora a água já está chegando aos meus joelhos, e acho que logo já não vou poder respirar.

Vicente não conseguia entender.

– Espero que esse monstro não esteja inventando histórias! – o menino cochichou com os outros.

As crianças então foram para fora. Seguindo as instruções da Luísa, desmontaram todos os canos de escoamento de chuva da casa e os juntaram, formando um único cano bem comprido. Colocaram uma das extremidades dentro do lago. Dali, depois de passar sobre os penhascos, o cano ia dar no vale vizinho, situado mais abaixo.

– Agora, todos sugando! – gritou Vicente.

Num instante, um aguaceiro começou a se despejar no vale vizinho, e o nível da água do lago começou a baixar visivelmente.

– Obrigado, vocês salvaram minha vida. Em agradecimento, não vou devorá-los – disse o monstro.

– Como assim? – perguntou Carla.

– Ora, foi só brincadeira – desculpou-se o monstro.

Os pequenos cientistas passaram o dia todo no lago, brincando com o monstro. À noite, eles adormeceram e a casa se pôs novamente a caminho, levando em seus sonhos uma bela canção.

Quer saber como é o monstro? Então, desenhe-o. Quer saber como os pequenos cientistas drenaram a água do lago? Então, construa uma pipeta.

Você vai precisar de:
- 1 conduto formado por vários canudos (veja "A baleia encalhada", p. 82 em diante)
- 1 balde com água
- 1 copo

Comece assim:

Pegue um duto ou faça um, emendando vários canudos (veja pp. 84 s.). O duto deve ter mais ou menos o dobro da altura do balde.

Continue assim:

Coloque o balde sobre uma mesa e ajeite seu duto, em forma de U, de modo que uma das extremidades mergulhe na água do balde, em linha reta, e a outra fique para fora do balde, voltada para baixo. Feito isso, sugue o duto pela extremidade que fica para fora e a segure sobre o copo até que a água comece a escorrer.

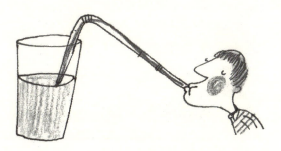

Veja o que acontece:

Está escorrendo água pelo duto! Não dá mais para parar, e o copo vai ficando cada vez mais cheio. Quando você levanta a ponta pela qual a água está saindo, jorra menos água ou até para de sair água.

E por que acontece:

Nesta experiência, de fato, a água escorre primeiro para cima!
Se você observar bem, verá que a parte do duto que fica para fora do balde é mais comprida do que a parte que fica dentro. Por isso, pode haver mais água fora, ou seja, na parte mais comprida do

Vasos comunicantes   41

canudo, do que na parte curta, que está dentro do balde. Além disso, a parte do canudo que fica para fora, da qual a água escorre para o copo, termina em nível mais baixo do que a superfície da água. Ao sugar, você produz uma despressurização, e a água é empurrada do balde para dentro do canudo. Chegando ao nível da borda do balde, a água cai na parte longa do duto. Isso tem o mesmo efeito que a sua sucção – e mais água é empurrada para dentro do duto.

Observações interessantes:
- Esse truque se chama "efeito pipeta": a água é sugada do balde e, então, ela sobe.
- Dessa maneira dá para esvaziar um aquário inteiro: basta mergulhar nele a ponta de uma mangueira e colocar a outra ponta dentro de um balde. Depois de aspirada, a água escorrerá para dentro do balde. Os ladrões de gasolina costumam esvaziar os tanques dos carros com uma pipeta quando roubam a gasolina de um carro estacionado.
- Geralmente, um líquido só sai de um recipiente quando o viramos e despejamos seu conteúdo. Pelo sistema da pipeta, o líquido pode ser facilmente retirado por uma mangueira, principalmente quando o recipiente – um aquário ou o tanque de combustível de um carro – está situado um pouco acima do chão.

Para os mais curiosos:
Todo produtor de vinho (viticultor) utiliza a pipeta para tirar o vinho de seu barril. É que os barris de vinho são abertos na parte de cima para que os gases resultantes da fermentação possam escapar. Para tirar dele também as gotinhas nobres, uma mangueira é introduzida na parte de cima e sugada rapidamente com a boca, o que faz o vinho jorrar e encher os copos. Para interromper a operação, o viticultor suspende a mangueira, de modo que o vinho volte a escorrer para dentro do barril.

Dica:

Monte um pequeno labirinto-pipeta. Para isso, coloque vários baldes em alturas diferentes, por exemplo em cima de uma escada, em cima da mesa, em cima da cadeira e no chão. Com mangueiras de plástico compradas em casas de material de construção, ligue um balde ao outro, começando pelo que está mais no alto. Pelo mesmo processo descrito acima, faça a água escorrer, por etapas, de um balde para o seguinte.

Cuidando do dragão

Todo o mundo se sente fraco de vez em quando. Isso acontece até com os seres muito fortes, como os dragões.

Aquele dia, os pequenos cientistas chegaram a um doce vale, coberto de capim macio. Aqui e ali, erguia-se uma rocha suave, quebrando a monotonia do verde. Estavam contemplando toda aquela beleza, quando ouviram uma tosse fraca e dolorosa. Então, um dragão surgiu de trás de uma rocha, se arrastando. Decerto era vermelho, mas estava cor de laranja, de tão pálido. Trazia um cachecol comprido enrolado no pescoço e não conseguia parar de tossir. De início, as crianças ficaram com medo daquela criatura enorme. Mas o animal parecia tão frágil e debilitado que resolveram ajudá-lo. Os pequenos cientistas ficaram um tempão vasculhando suas mochilas, procurando pastilhas contra tosse. Acharam tantas, que acabaram enchendo uma sacola de supermercado.

– Abra a boca e engula essas pastilhas – Carla ordenou, com voz firme.

Mas o dragão sacudiu a cabeça.

– Não consigo engolir essas pastilhas – ele disse. – Estou com muita dor de garganta.

– Então vamos precisar dissolvê-las – disse Carla, olhando em volta.

Não havia nenhuma fonte à vista, só um laguinho, lá embaixo.

– Tem que ser lá mesmo – decidiu a menina.

Os pequenos cientistas jogaram as pastilhas dentro do lago e ordenaram que dali a um dia o dragão bebesse a água toda. Cansado, o dragão balançou lentamente a cabeça, concordando.

– Então, tudo isso vai se dissolver até amanhã? – espantou-se Vicente.

– Com certeza – disse Carla. – Em casa vou lhe mostrar o que vai acontecer.

Na manhã seguinte, ao acordar, os pequenos cientistas ouviram ao longe uma alegre canção, meio desafinada.

– Nosso remédio funcionou – Luísa constatou, tampando os ouvidos.

Então, Carla mostrou a Vicente como certas coisas se dissolvem na água. Quer fazer também? Mas, por favor, não use pastilhas contra tosse, use açúcar.

Você vai precisar de:
- 1 prato grande branco
- 1 prato de sobremesa
- 1 cubinho de açúcar
- algumas gotas de tinta de carga de caneta
- 1 pinça
- água

Comece assim:

Coloque um cubinho de açúcar dentro do prato de sobremesa, para não manchar a mesa. Aperte uma carga de tinta até saírem duas ou três gotas, deixando cair sobre o cubinho de açúcar, que vai absorver a tinta. Por fim, deixe o cubinho de açúcar secar um pouquinho.

Continue assim:

Agora, encha o prato grande com água, pegue o cubinho de açúcar com uma pinça e coloque-o com cuidado no meio do prato. Cuide para que ninguém balance a mesa, para que o prato não saia do lugar.

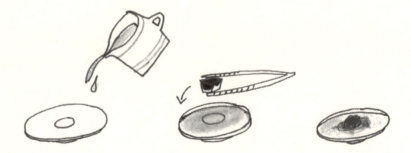

Veja o que acontece:

A partir de agora, você poderá ver como o açúcar se dissolve. Como se fosse uma estrela, começam a sair raios coloridos do cubinho de açúcar. Depois de algumas horas, toda a água estará tingida de azul, e o cubinho de açúcar terá desaparecido.

E por que acontece:

O açúcar se dissolve na água. Lógico! Só que geralmente não dá para ver, porque a solução de açúcar é incolor. Com ajuda da tinta dá para ver que o açúcar se dispersa em forma de estrias, formando um desenho em raios.

As substâncias tendem a se distribuir homogeneamente. Aqui dá para observar bem esse fenômeno: a solução de açúcar se desloca de onde há mais açúcar (do cubinho de açúcar) para onde há menos açúcar (a borda do prato). Com o tempo, o açúcar se distribui por igual na água toda. Prova disso é que no final a água se tinge de azul de forma homogênea.

Observações interessantes:
- O açúcar se dissolve na água, ou seja, torna-se líquido e mistura-se com a água. Dizemos que se forma uma "solução de açúcar". Se você provar a água, vai perceber que ela está doce: portanto, o açúcar ainda está presente, mas dissolvido.
- Ao se dissolver, o açúcar se distribui a partir do lugar de mais alta concentração para o lugar de concentração mais baixa, ou seja, de onde há mais açúcar para onde há menos. O processo de dissolução terá terminado quando o açúcar tiver se distribuído igualmente por toda a água, isto é, quando toda a extensão da água estiver doce por igual.
- Com a tinta como corante, fica visível como o açúcar se distribui pela água. A tinta funciona como um "indicador". Essa substância indicadora adere ao açúcar e se desloca, por assim dizer, "montada" nele.

Para os mais curiosos:

O fato de as substâncias se misturarem sozinhas se deve ao chamado movimento de Brown. As partículas que compõem o nosso mundo nunca ficam imóveis, estão sempre se agitando e tremendo um pouquinho. Quando se encontram dentro de líquidos ou gases, esbarram umas nas outras e se empurram. Elas brigam para se distribuir de forma homogênea. É por isso que cheiros se propagam, soluções se misturam e gases e outras matérias sólidas se dissolvem na água. Isso é muito importante para a nossa vida. É assim que, no pulmão, o oxigênio do ar que respiramos vai para o sangue; é assim que o dióxido de carbono é devolvido ao ar quando respiramos. O oxigênio migra ou se "difunde", nos alvéolos pulmonares, do ar, rico em oxigênio, para o sangue, pobre em oxigênio. Ao contrário, o dióxido de carbono vai do sangue, onde está presente em abundância, para os pulmões, onde é escasso.

Basta olhar para o céu para ver, também, como ocorre a difusão: as faixas de condensação dos aviões desaparecem depois de algum tempo, pois elas "se dissolvem no ar".

É ótimo que os líquidos e gases se distribuam de forma homogênea e se misturem por si mesmos. Se o oxigênio, por exemplo, não entrasse nas casas espontaneamente, pelas janelas, portas e frestas, poderíamos simplesmente morrer sufocados depois que, pela respiração, tivéssemos consumido o oxigênio de todos os cômodos.

Uma boa demonstração de como os cheiros se propagam rapidamente é dada pelos animais domésticos, como cães e gatos, com seu olfato sensível. Quando escondemos alguma coisa gostosa, podemos perceber que logo eles começam a farejar e encontram o que está exalando o cheiro. Em geral é comida!

Dica:

Experimente várias cores de tintas: vermelha, verde, azul, preta. Com qual cor é melhor observar a dissolução do açúcar?

Você também pode colocar vários cubinhos de açúcar na água, até mesmo de cores diferentes. Só que é preciso deixar certa distância entre eles. Três cubinhos de açúcar devem formar um triângulo sobre o prato; se forem quatro, um quadrado.

Em vez de água, experimente usar leite. Como aparece a dissolução de um ou vários cubos de açúcar coloridos dentro do leite?

Brincadeiras de dragão

Às sete da manhã, os pequenos cientistas foram acordados por umas batidas secas. Carla foi a primeira a correr até a janela para ver o que estava acontecendo.

– Ah, não, que brincadeira irritante! – ela reclamou.

Era o dragão que estava fazendo aquele barulhinho desagradável. E sabem como? Ele estava jogando bola de gude. Carla trocou de roupa e saiu de casa, furiosa. Os outros pequenos cientistas, ainda de pijama, ficaram debruçados na janela. Agitados, eles esperavam para ouvir a bronca que Carla ia dar no dragão.

– O que é que você está pensando? Onde já se viu aparecer aqui no meio da noite, fazendo esse barulhinho chato? – disse a menina.

– Eu... quer dizer... é que... hummmm... pensei que... bem, sabe... – gaguejou o dragão.

– Não quero saber. Pegue suas bolas de gude e desapareça. Está me irritando!

De repente, Carla hesitou. Não eram bolas de gude, eram olhos de dragão que estavam rolando pelo chão. Uns eram vermelhos flamejantes e pareciam ameaçadores, outros eram verde-claros, os amarelos tinham cor de veneno, havia outros de cor muito estranha,

puxando para o marrom-escuro. Carla encarou o dragão. Ele a fitou com olhos azuis inocentes e medrosos.

– O que você fez com seus olhos? – perguntou Carla. – Ainda ontem eles eram vermelhos como fogo!

– Ah, é que eu consigo trocá-los conforme a minha vontade, o meu humor e o meu gosto no momento, e também de acordo com o tempo. Hoje coloquei olhos azuis só para vocês. São os mais pacíficos que eu tenho – disse o dragão.

– E, com os outros, você fica jogando bola de gude por aí e atrapalhando nosso sono.

O dragão fez que sim com a cabeça. – Meus olhos são à prova de fogo, portanto também são inquebráveis. Por isso dá para brincar assim com eles.

Já um pouco menos brava, Carla ficou vendo o dragão jogar bola de gude. Ele colocou alguns olhos-bolinhas enfileirados e jogou outro contra o último da fila, com toda a força, de modo que o olho da frente saiu rolando.

– Conservação do impulso! – gritou Vicente da janela.

– Brincadeirinha boba de dragão! – retrucou Carla. – Ele só está querendo chamar a atenção.

O dragão ficou o dia inteiro por perto da casa, jogando bolinha de gude com seus olhos de dragão. Enquanto observavam, interessados, os pequenos cientistas foram aprendendo um monte de coisas.

Você já tinha reparado que bolinhas de gude parecem olhos de dragão? Então, venha jogar também!

Você vai precisar de:
- 2 canudos com dobra
- 1 folha de papel
- cola
- mais ou menos 6 bolas de gude do mesmo tamanho

Comece assim:

Cole os dois canudos numa folha de papel, um ao lado do outro, paralelamente, a uma distância de cerca de 1 cm. Espere a cola secar.

Continue assim:

Agora, dobre o papel para cima, junto com a parte mais curta dos canudos, formando um declive. Sobre a parte mais comprida, que ficou na horizontal, coloque enfileiradas umas quatro bolas de gude, uma tocando na outra. Pegue outra bolinha e solte-a do alto do declive formado pela folha.

Veja o que acontece:

Como é de esperar, a bola de gude, ao rolar para baixo, vai se chocar contra as outras bolinhas. Então ela vai parar, e a última bola de gude da fila vai sair rolando.

E por que acontece:

A bola de gude que você solta, rola por um declive e ganha impulso. Ao bater na outra bolinha, ela a empurra e, assim, passa para ela toda a força do seu impulso. E ela mesma para, pois já está sem impulso nenhum. A bolinha que foi empurrada por sua vez empurra a seguinte e passa o impulso para ela. Por fim, a última bolinha recebe o impulso e, como não se choca contra nenhuma outra, sai rolando. Isso tudo acontece tão rápido que só vemos a bolinha que chega ficar parada e a última sair rolando.

Observações interessantes:
- Este experimento simples demonstra o chamado princípio da conservação do impulso. O impulso que um corpo (no nosso caso, a bola) adquire não se perde com o choque, mas é repassado para outro corpo.
- Como as bolas não se deformam ao se chocar umas com as outras, falamos de um "impulso elástico".
- Se as bolas de gude fossem feitas de massinha de modelar, por exemplo, a bola que descesse rolando se chocaria com a primeira. As duas se deformariam, mas não aconteceria muito mais que isso. Nesse caso seria um "impulso não elástico", porque os corpos se deformariam ao se chocar.

Para os mais curiosos:
Se existisse apenas impulso elástico num acidente automobilístico, nenhum carro levaria nenhum arranhão, e o carro no qual o causador do acidente batesse seria deslocado com violência. De fato, nas batidas de carro ocorrem impulsos não elásticos, pois os carros se deformam. Com o choque, o impulso do carro é convertido em energia, que amassa a carroceria e a lataria. Embora esse dano seja ruim para o carro, na maioria das vezes ele poupa os passageiros. Se o carro absorve toda a energia do impulso, seus ocupantes ficam protegidos.

Temos um bom exemplo de impulso elástico no jogo de bilhar, quando uma bola fica parada ao se chocar contra outra. Então é a bola empurrada que se desloca. Ela absorve o impulso da primeira bola. Para que isso aconteça, é preciso que as duas bolas tenham o mesmo tamanho e o mesmo peso.

Existe um brinquedo bem conhecido em que se aplica o princípio da conservação do impulso. É o "pêndulo de Newton", também chamado "balança de Newton". Nele as bolas não são dispostas sobre canudos, mas ficam penduradas por fios, uma atrás da outra. Se temos uma fileira de cinco bolas, por exemplo, e fizermos a primeira bater na segunda, as três bolas do meio ficarão paradas e só a quinta vai se deslocar, como um pêndulo. Quando ela voltar e bater na sua vizinha, novamente as três bolas do meio ficarão paradas e a primeira vai se deslocar, e assim por diante.

Dica:
Este experimento funciona muito bem com bolas de gude do mesmo tamanho. Mas o que acontece quando as bolinhas têm tamanhos e, portanto, pesos diferentes? Experimente!

Primeiros socorros

Dragões têm apego às pessoas, ainda mais quando ficam gripados. No dia seguinte, o dragão ainda estava lá, e passou um tempão dormindo na frente da casa, roncando alto. Depois, começou de novo a jogar bolinha de gude.

– Ah, essa não! – gritou Luísa, irritada. – Você não tem mais nada para fazer?

O dragão ficou amuado. Zangado, começou a chupar um olho verde de dragão. De repente, ele engasgou e ficou com o olho entalado na garganta. Primeiro, o dragão arregalou os olhos, com um ar meio abobalhado, depois caiu no chão.

– Socorro! – gritou Luísa.

Os pequenos cientistas foram correndo se postar em torno do que parecia sem vida.

– Ele não está respirando – Vicente constatou. – Vamos fazer respiração artificial!

Enquanto os outros pensavam numa maneira de fazer respiração artificial sem enfiar a cabeça na boca do dragão, Vicente saiu correndo e voltou trazendo uma bomba de encher pneu de bicicleta.

– Mantenham a boca dele fechada para o ar não escapar – ele ordenou.

Respiração 55

Os pequenos cientistas empurravam a língua do dragão enquanto Vicente ajeitava a bomba de bicicleta no nariz dele para logo começar a bombear regularmente. Aos poucos, a barriga do dragão começou a subir e descer e sua pele foi recuperando a cor. Por fim, o dragão abriu seus olhos azuis, tossiu forte e cuspiu fora o olho verde.

– Pronto, mais uma vez, deu certo – disse Carla, aliviada.

Então, Luísa gritou para Vicente.

– Com essa bomba você poderia ter matado o dragão. Se tivesse bombeado forte demais, teria explodido os pulmões dele!

– Não se preocupe – retrucou Vicente –, isso não acontece tão rápido assim. Venha ver uma coisa.

Com uma bexiga e uma garrafa, Vicente mostrou por que não é tão fácil estourar o pulmão de um dragão. Faça você também!

Você vai precisar de:
- 1 bexiga
- 1 garrafa vazia

Comece assim:

Coloque a bexiga dentro da garrafa, deixando o bico para fora. Depois, estique o bico da bexiga sobre o gargalo, de modo que ele vede bem a garrafa e a bexiga fique dependurada dentro dela.

Continue assim:

Agora, tente encher a bexiga dentro da garrafa.

Veja o que acontece:

Nada. A bexiga até vai se mexer dentro da garrafa, mas não a ponto de se encher.

E por que acontece:

A garrafa em que a bexiga está enfiada não está vazia, pois está cheia de ar. Esse ar preenche totalmente a garrafa e não tem a "intenção" de deixar entrar mais ar do que já existe lá dentro. Em outras palavras, quando alguém sopra ar na bexiga, o ar que está dentro da garrafa impede que ela se encha, ou seja, ele oferece resistência. O mesmo acontece nos pulmões do dragão: é só quando a caixa torácica do dragão se dilata que surge mais espaço para o ar. E, para que isso aconteça, Vicente precisa mesmo bombear muito forte com a bomba de ar!

Observações interessantes:
- Numa garrafa cheia (de ar) não entra mais nada. Para que alguma coisa entrasse, seria preciso que a garrafa se dilatasse.
- Quando respiramos, movimentamos nosso "diafragma", que está firmemente instalado em nosso corpo. O diafragma é um músculo em forma de placa, que se situa na horizontal, mais ou menos no meio do nosso tronco. Quando ele se move para baixo, os pulmões se enchem de ar. Essa é a respiração abdominal, que sentimos quando respiramos bem fundo e enchemos os pulmões até bem embaixo com ar fresco. No modelo do experimento, seria como se o fundo da garrafa fosse puxado para baixo. Se isso acontecesse, poderia entrar mais ar na bola.
- Além da respiração abdominal, há a respiração torácica. Então é a caixa torácica que aumenta quando respiramos, permitindo que entre mais ar nos pulmões. É como se as paredes da garrafa se dilatassem um pouco para fora.

Para os mais curiosos:

Precisamos respirar por dois motivos: ao inspirar, absorvemos oxigênio (símbolo químico: O_2) do ar. O oxigênio é necessário para que possamos obter energia dos alimentos. Mas, com essa absorção de energia, também surgem resíduos, como, por exemplo, um outro gás, o dióxido de carbono (símbolo químico: CO_2). Para nós, uma quantidade muito grande de dióxido de carbono é prejudicial, por isso ele é expelido do corpo quando expiramos.

No interior do pulmão, nos chamados alvéolos pulmonares, o oxigênio vital contido no ar passa para o sangue. Eles formam uma superfície "de respiração ativa" de aproximadamente 100 m² – maior que a superfície de muitos apartamentos. Faça uma comparação: a superfície corporal de um adulto, ou seja, a pele, tem apenas 2 m²! Só assim dá para filtrar em pouco tempo um quarto do oxigênio do ar.

Como os pulmões, tão pequenos, podem ter uma superfície tão grande? No seu interior, eles não são lisos, mas cheios de sulcos bem fininhos. Podemos fazer uma ideia de sua aparência comparando uma folha de alface com uma folha de repolho crespo: a folha de alface é lisa e regular; enquanto a folha de repolho crespo é cheia de saliências e reentrâncias, como uma cadeia de montanhas. Portanto, ela tem uma superfície maior.

Dica:

Quantas vezes uma pessoa respira? Conte quantas vezes por minuto você respira. Uma criança de 5 anos respira, em repouso, mais ou menos de 20 a 30 vezes, um recém-nascido, de 40 a 50 vezes, já os adultos apenas de 12-20 vezes por minuto. Talvez você tenha a oportunidade de observar um bebê dormindo e contar quantas vezes ele respira.

Também é interessante saber quanto ar inspiramos e expiramos. Uma bexiga pode ajudá-lo nessa tarefa, se você soprar ar para dentro dela ao expirar. Com que rapidez ela cresce?

Brincadeiras de cavaleiros

Atrás de cada dragão vem sempre um cavaleiro. Os pequenos cientistas logo perceberam isso.

– Saiam, vocês estão cercados! – gritaram lá de fora, batendo com força na porta da casa.

Carla olhou pela janela e, admirada, exclamou:

– Nossa! Um cavaleiro valentão está nos desafiando a sair.

Inquieta, a casa dos pequenos cientistas pulava no lugar. Vicente pulou da cama e, ao mesmo tempo, já foi vestindo a calça.

– Atrevido! Que barulheira é essa, seu lata velha? – o menino saiu gritando, correndo para a porta. Quando Vicente não dormia direito à noite, acordava furioso. O cavaleiro que se cuidasse! O menino abriu a porta e já foi dizendo:

– O que foi? Quem você pensa que é?

– Onde está o dragão? Vou matá-lo! Ele tem que morrer! Estou aqui para isso.

O dragão, que já tinha visto o cavaleiro chegar, estava encolhido atrás da casa.

– Ninguém aqui vai matar nem morrer – retrucou Vicente. – Tire os sapatos, limpe os pés e entre, seu lata de sardinha.

Atrapalhado, o cavaleiro obedeceu.

– Se quer ser um cavaleiro de verdade, vai ter que enfrentar muitos desafios. Então venha até a cozinha e mostre do que é capaz.

O cavaleiro obedeceu, embaraçado, e foi até a cozinha. Sua armadura rangia a cada passo que ele dava. Beleléu ergueu as orelhas e fugiu ganindo, com o rabo entre as pernas.

Ao chegar à pia, Vicente desafiou o cavaleiro.

– Veja se adivinha esta: O que é o que é? Um riacho barulhento, mas não é barulho de moinho; duas colheres de sopa, mas não são para tomar sopa. O cavaleiro ficou muito surpreso, falou umas bobagens sobre orelhas de coelho e moinho do moleiro, mas não solucionou o enigma.

– Em outras palavras, você não sabe. Quer ser cavaleiro, mas não consegue solucionar meu enigma. E ainda acha que vai conseguir vencer um dragão terrível? – O cavaleiro não sabia o que dizer. Não era nada agradável passar por aquele constrangimento na frente de todas as crianças. Por fim, Luísa teve pena dele.

– Vicente – ela disse –, diga logo a resposta, antes que ele enferruje.

– Tudo bem – disse Vicente, tirando duas colheres de sopa da gaveta dos talheres.

Se quiser saber o que Vicente mostrou ao cavaleiro, faça com a gente.

Você vai precisar de:
- 2 colheres de sopa
- 1 torneira

Comece assim:

Abra bem a torneira da pia ou do lavabo.

Continue assim:

Segure uma colher com cada mão, entre o polegar e o indicador, com bastante leveza, de modo que elas consigam balançar. Mantenha as duas colheres com a parte convexa voltada uma para a outra, a uma distância de um dedo. Nesse espaço entre elas, deixe correr a água da torneira.

62 Sucção

Veja o que acontece:

As colheres começam a se movimentar para a frente e para trás e a bater uma na outra.

E por que acontece:

O fluxo de água gera uma sucção. Você pode sentir essa sucção no ralo da banheira, quando retira a tampa. Aqui, o fluxo de água suga as duas colheres porque entre elas existe um espaço estreito. Com isso, as colheres se chocam uma na outra, fazendo um barulho forte e impedindo que a água corra. Quando o fluxo da água se interrompe, como o jato-d'água fica interrompido entre as colheres, a sucção cessa, e elas se separam novamente. Aí, a água consegue correr de novo entre elas, e a brincadeira recomeça.

No líquido água, as partículas de água estão muito próximas umas das outras. Por isso, a água corrente gera uma forte sucção, mais acentuada ainda pela forma arredondada das colheres. O ar também pode criar uma sucção, mas esta é mais fraca porque as partículas de ar, como em todos os gases, não estão tão próximas umas das outras.

Observações interessantes:
- Todos os líquidos e gases exercem uma sucção quando correm.
- Como a sucção da água atrai as colheres entre si, ela faz com que o fluxo de água seja interrompido.
- Quanto mais rápido a água corre, maior é a sucção. Mas a sucção também aumenta quando a quantidade de água que corre é maior.

Para os mais curiosos:

O efeito de sucção da água e na água pode ser muito perigoso. Por isso, na piscina, os escoamentos devem ser tapados com uma grade de metal. Se os escoamentos ficassem abertos e alguém caísse, por exemplo, com o pé perto dele, a parte do corpo poderia ser sugada para dentro do escoamento com a água. Como a água flui mais rapidamente quanto mais perto se chega do escoamento, ela atrai o pé com maior intensidade quanto mais ele se aproxima. No pior dos casos, uma pessoa poderia ser puxada para dentro d'água.

Até os navios precisam manter uma distância mínima entre si quando passam um ao lado do outro, pois, caso contrário, podem ser atraídos um para o outro e colidir.

Dica:
Experimente com quais outros objetos a água tramela quando você os segura debaixo da torneira: colheres de pau, conchas, bolas de soprar…

Uma boa competição

O cavaleiro brincou o dia inteiro com as colheres e se molhou todo. Acabou estragando a armadura, que ficou jogada num canto, enferrujando. À noite, ele deu cabo de uma canja de galinha, com as duas colheres ao mesmo tempo, e adormeceu no chão da cozinha. Durante a noite, o dragão saiu de fininho e foi embora. Ele não confiava no cavaleiro das colheres.

No dia seguinte, o cavaleiro já se levantou com a corda toda.

– Caramba, vocês são bons de verdade! – disse ele. – Estou com vontade de fazer outras experiências. O que mais vocês têm para me oferecer?

– Ah – disse Luísa –, seja como for, você não vai ganhar.

Vácuo 65

O cavaleiro enrubesceu.

– Sou um cavaleiro honrado, capaz de vencer qualquer desafio!

Luísa entregou-lhe uma garrafa, pegou uma para si e levou o cavaleiro até a pia. Encheu as duas garrafas com água e disse solenemente:

– Agora, cavaleiro, pegue a garrafa, esvazie-a o mais depressa que puder. Se for mais rápido do que eu, vou ficar surpresa, pode acreditar.

O cavaleiro obedeceu: pegou a garrafa e a virou sobre a pia. Concentrado, ficou olhando a garrafa se esvaziar. Luísa, por sua vez, tinha enfiado um canudo sorrateiramente na garrafa dela, que já estava vazia quando a do cavaleiro ainda estava pela metade. Carla viu tudo e tapou a boca com as duas mãos para não estourar de rir. Repetiram a operação mais uma vez, e mais outra, mas Luísa sempre esvaziava sua garrafa mais rápido. Então, o cavaleiro catou sua armadura, fazendo um barulhão, e foi embora envergonhado.

– Ficamos livres dele – disse Vicente, feliz da vida.

Luísa, com um pouco de dor de consciência, pensou: "É verdade que os cavaleiros sabem lutar bem, mas não sabem nada de ciência."

Quer saber por que o cavaleiro não conseguiu esvaziar a garrafa mais depressa do que Luísa? Faça você a experiência.

Você vai precisar de:
- 1 garrafa de plástico transparente (500 ml) cheia de água
- 1 canudo dobrável
- 1 pia

Comece assim:

Faça um teste: encha a garrafa com água, chegue bem perto da pia e vire a garrafa aberta de cabeça para baixo. Observe bem o que acontece: a cada por-

ção de água que sai, o fluxo se interrompe e uma bolha de ar sobe dentro da garrafa. O esvaziamento é descontínuo e, por isso, demora muito.

Continue assim:

Agora, pegue o canudo, dobre-o totalmente, de modo que forme um "1", e enfie a parte mais comprida na garrafa. Depois, vire a garrafa de cabeça para baixo em cima da pia e deixe a água correr. O canudo deve ficar dentro da garrafa.

Veja o que acontece:
A água escorre bem depressa para fora da garrafa.

E por que acontece:
Para que a água saia, é preciso que o lugar dela seja ocupado. Por isso, é preciso que entre ar na garrafa. Em geral, as duas coisas acontecem alternadamente: entra água, sai ar; entra água, sai ar. Com a ajuda do canudo, as duas coisas acontecem ao mesmo tempo: água e ar trocam de lugar de modo constante. O ar passa pelo canudo, atravessa a água e vai diretamente ocupar o espaço vazio.

Observações interessantes:
- Uma garrafa vazia não está "vazia", pois está cheia de ar. Assim, ao esvaziarmos uma garrafa, só trocamos seu conteúdo: em vez de água, ela passa a conter ar.
- O vazio total ou vácuo, ou seja, um espaço onde não há nada, não existe em nenhum lugar da face da Terra. Em toda parte há alguma coisa. Acontece que o ar é invisível aos olhos do ser humano. Por isso, quando vemos uma garrafa cheia de ar, dizemos que dentro dela não há "nada", que ela está "vazia".

- A água é mais pesada que o ar. Por isso, quando viramos a garrafa, a água desce ocupando o lugar do ar, e o ar é obrigado a subir.

Para os mais curiosos:
Sem nenhuma ajuda artificial, não conseguimos esvaziar uma garrafa sem que o ar entre nela. Só com uma "bomba pneumática" conseguimos "esvaziar" a garrafa, ou seja, tirar a água sem que o ar a substitua. Então, de fato, não haverá "nada" dentro da garrafa, nem ar. Ela estará vazia. Esse vazio total se chama vácuo.

Na natureza, o vácuo existe apenas no espaço. Os homens só conseguiram criar um vácuo artificialmente há cerca de 350 anos. Ao se criar o vácuo dentro de uma garrafa, se ela for de plástico ficará achatada, se for de vidro correrá o risco de se estilhaçar. Isso acontece porque, como não há nada dentro da garrafa, não há nada que ofereça resistência à pressão atmosférica externa, que comprime a garrafa de todos os lados. Por outro lado, quando há ar ou líquido dentro da garrafa, esse conteúdo pressiona as paredes dela para fora. Assim, há um equilíbrio entre a pressão interna e a pressão externa, que mantém a forma da garrafa.

Dica:
Organize uma prova com seus amigos para marcar o tempo que cada um leva para esvaziar uma garrafa com ajuda de um canudo. Será interessante comparar o resultado com o tempo que cada um levará para esvaziar a mesma garrafa sem usar o canudo. Pode estar certo de que, com o canudo, a garrafa se esvaziará quase duas vezes mais depressa!

O tesouro no fundo do lago

Depois que o cavaleiro se foi, a casa dos pequenos cientistas andou a noite toda e acabou se instalando na margem de um lago. As crianças adoraram o lugar e resolveram nadar ainda antes do café da manhã. Saíram da água com uma fome daquelas. Depois da terceira fatia de pão com geleia, Luísa exclamou de repente:

– Vou achar o tesouro!

Vicente quase engasgou com o ovo.

– Que tesouro?

– Ora, em todo lago existe um tesouro escondido. E eu vou achar o deste lago. Isso se vocês me ajudarem.

Luísa olhou em volta e só viu caras de espanto. Então, ela vestiu o biquíni e pegou a banheira de plástico amarelo.

– É o meu escafandro – ela explicou e rumou para o lago.

Da margem, os pequenos cientistas ficaram observando Luísa. Ela nadava puxando a banheira e, por fim, mergulhou.

– Temos que ajudá-la – disse Carla, já se enfiando no biquíni.

Então Luísa voltou à margem com a banheira, de mãos vazias.

– Vamos tentar de novo todos juntos! – gritou Vicente, pegando Beleléu e colocando-o em cima da banheira virada.

Beleléu se viu no meio do lago, morrendo de medo, seguindo as crianças. Luísa mergulhou na banheira virada, de modo que sua cabeça ficou dentro dela mas fora da água. Lá de dentro, gritou, com voz abafada:

– Vamos, pessoal!

Com cuidado, Carla e Vicente subiram na banheira, que, com o peso deles, afundou na água. Assustado, Beleléu subiu nos ombros de Carla. A banheira tinha desaparecido junto com Luísa. Beleléu sentiu as patas molhadas e deu um miado ensurdecedor. Carla e Vicente levaram um susto e caíram na água. Sem o peso deles, a banheira veio à tona e desvirou. Beleléu deu um salto duplo e foi cair dentro da banheira, que balançava com as ondas. Ao lado dela, Luísa ofegava. As crianças nadaram até a margem, onde Beleléu pulou fora da banheira e sumiu.

Vicente propôs que, antes de voltarem à caça do tesouro, fizessem uma experiência. Luísa concordou imediatamente.

E assim eles começaram.

Você vai precisar de:
- 1 bacia com água
- 1 pequeno recipiente oval, de plástico
- 1 copo
- 1 bichinho de borracha
- 1 bola de gude bem bonita

Comece assim:

Jogue uma bolinha de gude dentro da bacia. Esse será o tesouro do lago. Coloque o bichinho de borracha dentro do recipiente oval. Ponha o recipiente para flutuar na água. Agora é hora de mergulhar!

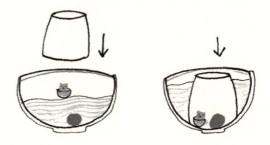

Continue assim:

Segure o copo de boca para baixo e coloque-o sobre o recipiente com o bichinho. Depois, enfie o copo na água até ele encostar no fundo da bacia. O copo deve ficar sobre a bola de gude.

Veja o que acontece:

Com o copo, o bichinho é empurrado para baixo até chegar ao fundo da bacia. Lá, com os pés secos, ele consegue pegar a bola de gude e colocá-la dentro do recipiente. Por fim, faça o copo subir até que o recipiente com o bichinho volte a flutuar. Parabéns! A caça ao tesouro deu certo!

E por que acontece:

O copo, que parecia vazio, na verdade está cheio de ar. E duas substâncias, no caso o ar e a água, não podem ocupar um mesmo espaço. Como o ar é mais leve que a água, ele sobe e fica dentro do copo e não vai para baixo.

Observações interessantes:
- Um copo vazio não está "vazio". Mesmo quando o emborcamos, o ar não sai. O copo continua "cheio" – cheio de ar.
- O ar é mais leve do que a água. Por isso, no nosso planeta o ar está sempre por cima da água e, debaixo da água, ele é sempre impelido para a superfície (quando você solta um pum na banheira, pode ver como as bolhas de ar sobem).

- O copo emborcado funciona como um escafandro. Como ele é fechado na parte de cima, o ar não pode escapar por baixo da água, como geralmente acontece, mas fica preso no copo. E a água não consegue penetrar, porque o ar já ocupou o espaço dentro do copo.

Para os mais curiosos:

Os primeiros equipamentos de mergulho foram os escafandros, que, de fato, funcionam segundo o mesmo princípio do copo emborcado: é uma redoma de metal que se afunda na água levando o ar dentro dela. É possível, então, uma pessoa se colocar dentro da redoma, ficando no seco e respirando. Acontece que a reserva de ar dentro da redoma é muito limitada. Faltando ar, a pessoa pode desmaiar no fundo da água e morrer afogada. Só dá para se manter por mais tempo debaixo d'água com a ajuda de ar pressurizado que vem da superfície, podendo ser carregado dentro de cilindros. Hoje em dia são realizados trabalhos subaquáticos dentro de câmaras estanques – uma espécie de grande escafandro.

Dica:

Você também pode tornar visível o ar dentro do copo "vazio" e mostrar que o copo não está nem um pouco vazio: deixe a fumaça de uma vela recém-apagada subir dentro de um copo virado de cabeça para baixo e mergulhe-o rapidamente na água. O copo fica esfumaçado e provoca um efeito muito legal debaixo d'água.

A casa com dor nos pés

Bolhas nos pés são uma coisa muito chata, ainda mais quando se trata dos pés de uma casa. De tanto andar carregando aquele monte de crianças e de coisas, a casa dos pequenos cientistas estava cheia de bolhas doloridas nos pés. Por isso, ela mancava e balançava de um lado para o outro. Alguns dos pequenos cientistas estavam passando mal, com muito enjoo.

– Pessoal, isso não pode continuar assim – disse Luísa. – Precisamos ajudar nossa casa. Alguém tem alguma ideia?

Luísa ficou esperando uma resposta, mas ninguém se manifestava. – Hmm! Então vou ter que inventar alguma coisa – a menina pensou alto. – Vou ver se nesta gaveta tem algo que me dê uma ideia.

A primeira coisa que Luísa encontrou na gaveta foram umas bexigas, aquelas bolas de encher. E na mesma hora ela teve uma ideia.

– Sabem de uma coisa? – ela gritou. – Temos que aliviar o peso da casa.

– Por acaso você quer dizer que vamos ter que carregá-la? – perguntou Vicente, já achando que eles iam se arrebentar debaixo de todo aquele peso.

– Não, é isto aqui que vai fazer o trabalho – disse Luísa, mostrando as bexigas.

Então, Vicente entendeu, e logo todos os outros também perceberam do que se tratava. Todos mesmo, até Beleléu, que estava deitado na cestinha dele.

Os pequenos cientistas foram até o porão, onde guardavam o material de laboratório. Bem lá no fundo, atrás das garrafas cheias de pozinhos, dos garrafões cheios de líquidos e da máquina de gelo seco, estavam os cilindros de gás. Carla se encarregou de encher as bexigas.

– Você pode amarrá-las – ela disse a Vicente.

Depois de várias tentativas, o menino deu de ombros.

– Não consigo – ele reclamou.

– Você nunca consegue fazer nada – disse Luísa, irritada. Ela tomou as bexigas do garoto, enfiou uma bola de gude em cada uma e amarrou as bocas com barbante. As bexigas estavam bem cheias, quase estourando.

Os outros pequenos cientistas subiram no telhado e amarraram um cacho de bexigas em cada um dos quatro cantos da casa e mais um na chaminé. Então as bexigas puxaram a casa para cima, e ela ficou flutuando no ar. Aquela noite, ela dormiu sossegada, sem se mexer. E não apareceu mais nenhuma bolha nos seus pés.

Graças às bexigas, a casa teve sossego, e os pequenos cientistas também. Como funciona o truque da bola de gude no lugar do nó?

Você vai precisar de:
- 1 bexiga
- 1 bola de gude

Comece assim:

Coloque uma bola de gude dentro de uma bexiga murcha, com todo o cuidado para a borracha da bexiga não se rasgar.

Continue assim:

Agora, encha a bexiga. De preferência, segure o bico dela para cima. Quando a bexiga estiver cheia, simplesmente vire-a com o bico para baixo.

Veja o que acontece:

A bola de gude corre para o bico da bexiga e fica presa nele, vedando a saída do ar.

Válvula 75

Se o bico da bexiga for muito largo, a bola de gude poderá escorregar para fora. Aí, você vai precisar de uma bola de gude maior.

E por que acontece:

A bolinha de gude funciona como uma válvula: primeiro, ela deixa o ar entrar na bexiga, mas, quando ele quer sair, ela impede sua passagem. O que há de interessante nisso é que, em princípio, o próprio ar contribui para impedir sua passagem, porque empurra a bola de gude para a saída.

Observações interessantes:
- A bola de gude dentro da bexiga é um bom exemplo da chamada válvula de retenção, que só dá passagem a gases e líquidos em um sentido. Quando eles tentam fluir no sentido contrário, a válvula bloqueia sua passagem. Neste nosso caso, também acontece isso: dá para soprar para dentro, então a bola de gude é levantada e deixa o ar passar. E ele não consegue escapar porque a bola de gude está no caminho.
- Quanto mais forte é a pressão do ar para sair, mais firmemente a bola de gude se encaixa no bico. Aí, o ar não consegue escapar. A bola de gude age como um nó.

Para os mais curiosos:

Um exemplo de válvula de retenção é a válvula do pneu da bicicleta. Uma esfera é empurrada para o lado quando o ar é bombeado para dentro do pneu. Se o ar quiser sair do pneu, a esfera vai impedir sua passagem.

As válvulas são importantes para dirigir o fluxo de líquidos e gases. Isso vale para as válvulas de pneus, de torneiras, de descarga de sanitários, bem como para as válvulas de comando elétrico das máquinas de lavar louça e roupa, para as válvulas de termostato dos radiadores etc. Existe uma válvula nas mangueiras de jardim para controlar a quantidade de água; no tanque de concreto, para transvasar concreto; no motor do carro, para permitir que entre ar e saiam os gases de escapamento.

Além disso, existem válvulas de vazão ou de descarga, que evitam catástrofes pequenas e grandes. Assim, nas usinas elétricas, elas evitam explosões quando a pressão nas tubulações aumenta demais. As máquinas de café expresso e as panelas de pressão também têm esse tipo de válvula, para evitar explosões quando a pressão do vapor é excessiva. É por analogia a essas situações que dizemos que, para muita gente, os esportes funcionam como uma válvula de escape...

Até no nosso corpo existem válvulas. A epiglote, por exemplo, que fecha nossa traqueia atrás da garganta, permite a entrada e a saída do ar respirável, mas fecha quando comemos ou bebemos. Porém, às vezes esse esquema não funciona direito, e alguma outra coisa consegue entrar na traqueia, como, por exemplo, algum alimento ou líquido. Então, engasgamos e precisamos tossir bem forte para expelir o corpo estranho de nossa traqueia.

Dica:

Tente segurar a bexiga inclinada. A bolinha de gude ainda não conseguirá fechar a saída e, se você soltar a bexiga, ela poderá sair voando. Em algum momento, a bola de gude vai chegar até o bico e a bexiga vai parar abruptamente e cair no chão.

Válvula

Pedindo socorro com a bexiga

Certa manhã, a casa parou numa floresta que parecia muito romântica, mas logo ficou claro tratar-se de uma mata cerrada. Isso despertou a curiosidade dos pequenos cientistas, que se embrenharam no matagal. Vicente saiu na frente, porém acabou avançando demais e perdeu o contato com os outros. Já nem conseguia ouvir as vozes deles. Começou a gritar, mas, como estava resfriado, logo ficou rouco. Infelizmente, ele não sabia assobiar. Já estava quase chorando, desesperado, quando se lembrou da bexiga que trazia no bolso da calça. Aquilo tinha que servir para alguma coisa, mas para quê? De repente, teve uma ideia, e até perdeu a vontade de chorar.

Vicente encheu a bexiga, esticou o bico dela no sentido da largura, foi deixando o ar sair aos poucos, e produziu-se um som agudo, como se fosse um chiado. Controlando a saída de ar da bexiga, Vicente produziu três chiados curtos, três longos e mais três curtos. Isso significa S O S, um pedido de socorro, em código Morse. O código Morse é um sistema de comunicação que usa a combinação de dois sinais para formar todas as letras do alfabeto: um sinal sonoro longo, representado por um traço; e um sinal sonoro curto, representado por um ponto. Então, S é representado por três sinais curtos (. . .) e O é representado por três sinais longos (- - -).

Em pouco tempo, ele ouviu uma espécie de assobio. Às vezes, Carla irritava Vicente com seus assobios estridentes, mas dessa vez eles soavam como música em seus ouvidos. Ele respondeu com outro S O S.

– Pode parar com esse barulho infernal – disse Carla, já ao lado de Vicente, olhando para ele com estranheza.

Será que ela tinha percebido que ele estava quase caindo no choro? De todo modo, ela não disse nada, mas puxou-o pelo braço para junto dos outros pequenos cientistas, que esperavam ali perto.

– Que bom que você está aqui de novo! – eles gritaram.

Mais tarde, Vicente mostrou sua invenção. Os pequenos cientistas descobriram que não era só para pedir socorro que aquele truque funcionava. Depois de um pouco de treino, todos já estavam tocando música, cada um com uma bexiga. Quer experimentar a ideia do Vicente? Sempre dá para levar uma bexiga na bolsa, ou no bolso, para usar num caso de emergência.

Você vai precisar de:
- 1 bexiga vazia

Corrente de ar

Comece assim:

Encha a bexiga.

Continue assim:

Segure a bexiga com as duas mãos, logo abaixo do bico, e estique-a para os lados, de modo que escape um pouco de ar.

Veja o que acontece:

A bexiga começa a soltar um chiado. Se você esticar o bico com mais força no sentido da largura, ela vai chiar mais alto; se soltá-lo, o som será mais grave.

E por que acontece:

Quando o ar sai pela fenda estreita entre a parte inferior e a parte superior do bico da bexiga, ele a faz vibrar. O bico vibra muito rápido! Colocando-o perto da boca, você poderá ouvir e sentir isso. A vibração se torna mais rápida quando o bico se alarga, ao ser esticado. Nesse caso, o som é mais alto. Quando se solta um pouco o bico, a vibração se torna mais lenta e o som, mais baixo.

Observações interessantes:
- Quando o ar sai por um local estreito, ele ganha velocidade. Isso gera uma força de sucção que pode, por exemplo, fazer as portas baterem quando o ar passa por elas.
- À primeira vista, não parece lógico que o ar crie uma sucção quando sai rapidamente. Seria de esperar que as portas se abris-

sem, por exemplo, para permitir a entrada de mais ar. Mas o que acontece é exatamente o contrário. Isso parece uma contradição.
- Instrumentos de sopro, como o oboé, a clarineta, o fagote, o trompete ou o trombone, utilizam o efeito de sucção do ar. Repare que, quando você toca uma gaita de brinquedo, o som que se produz é parecido com o da bexiga.

Para os mais curiosos:

Esse efeito aparentemente simples parece estranho, pois ele contraria nossa experiência do dia a dia. À primeira vista, pode parecer absurdo, ou seja, contraditório. Por isso esse efeito se chama "paradoxo hidrodinâmico". "Paradoxo" quer dizer "contradição"; "hidro" vem do grego e significa "água" ou "líquido"; "dinâmico" significa "que se move ou se modifica". Na verdade, parece contraditório que as portas batam justo quando muito ar passa por elas. Esse paradoxo acontece justamente quando gases ou líquidos saem por um local estreito, ganhando velocidade. Surge, então, uma subpressão que faz com que objetos próximos sejam atraídos.

Sem esse estranho "paradoxo hidrodinâmico", as viagens de avião não seriam possíveis, pois a sucção que mantém o avião no ar é gerada por uma corrente de ar que passa em grande velocidade pela superfície curva da asa do avião.

Dica:

Será que você consegue fazer a bexiga produzir uma melodia simples? Se você puser uma moeda no bico da bexiga, ela vai mantê-lo esticado e o som produzido vai ser constante. Se você distribuir algumas bexigas entre os seus amigos, vocês podem treinar para cada um produzir um som diferente. Será que dá para tocar *Parabéns a você*?

A baleia encalhada

A casa dos pequenos cientistas estava parada numa praia, numa enseada tranquila e pitoresca. Embalados pelo barulho suave do mar, aquele dia os pequenos cientistas demoraram mais para levantar da cama. Mas, de repente, em meio ao ruído das ondas, eles ouviram uma espécie de choro. Luísa foi correndo até a janela.

– Uau, que monstro! – ela gritou, ao ver uma baleia imensa estirada na areia.

Num piscar de olhos, Vicente se pôs ao lado da amiga.

– Como ela foi parar aí? O lugar dela é na água – ele disse.

– Não vamos conseguir arrastá-la para dentro do mar – Luísa ponderou. – Principalmente agora, com a maré baixa.

– Então vamos prestar a ela os primeiros socorros – disse o menino.

– E quais são esses socorros, dr. Vicente?

– Bem, Carla, a baleia precisa de água salgada para que sua pele não resseque e de água doce para se alimentar.

Então foi uma correria. A casa se aproximou bem da baleia, e todo o mundo se apressou em encher barris com água e jogar muito açúcar em alguns e muito sal nos outros.

De repente, Vicente lembrou:

– Como vamos fazer para jogar essa água na baleia?

Por um instante, a agitação dos pequenos cientistas cessou. Vicente tamborilava os dedos, olhando para a baleia.

– Precisamos de mangueiras ou de tubulações bem longas – o menino murmurou.

Nisso, Luísa e Carla apareceram, trazendo todos os canudos que havia na casa. Diante dos olhos do animal, foram encaixando um

canudo no outro, formando tubos muito longos, que iam dos barris até a baleia.

– Vocês são mesmo geniais – disse Vicente.

– Ainda bem que você reconhece – disse Luísa, toda alegre, sem abandonar o trabalho.

Logo, um tubo borrifava água salgada em cima da baleia e outro levava água doce até sua boca. Assim foi até a maré subir. Quando a água do mar chegou até a baleia, ela saiu nadando.

O dia seguinte as crianças ficaram o tempo todo na praia, brincando, nadando e se divertindo com os jatos que a baleia fazia jorrar em cima delas, mas sem se aproximar muito da areia!

Você também quer construir uma longa tubulação? Então, continue lendo.

Você vai precisar de:
- canudos dobráveis
- 1 tesoura sem ponta
- fita adesiva

Comece assim:

Com a tesoura, faça um corte de comprido, na ponta da parte mais longa do canudo.

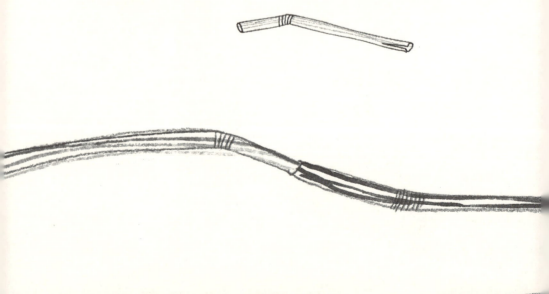

Continue assim:

Para conseguir conectar um canudo a outro, enrole a parte cortada formando uma espécie de ponta e enfie-a na parte mais curta do outro canudo até que o corte não apareça mais. Com um pedaço de fita adesiva, vede bem o ponto de conexão para que não entre ar.

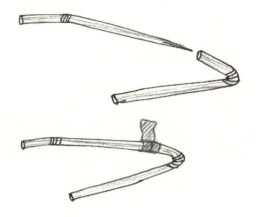

Veja o que acontece:

Desse jeito, é fácil alongar canudos à vontade e construir uma tubulação fina. Como todos os canudos são dobráveis, sua tubulação pode fazer curvas, pode subir e descer; enfim, pode percorrer o caminho que você quiser.

E por que acontece:

As tubulações são feitas de vários elementos iguais, simplesmente enfiados uns nos outros. O princípio da conexão é sempre o mesmo: a ponta de um tubo é encaixada na ponta de outro. A ponta que entra no tubo seguinte sempre tem que ser mais estreita.

Observações interessantes:
- Para fazer as tubulações de água, esgoto ou gás de uma casa ou de um prédio, seria difícil transportar canos compridos e trabalhar com eles. Assim, a maioria das tubulações é feita de muitas peças curtas que são encaixadas umas nas outras. Para esse encaixe, são usadas peças de conexão que se chamam "luva". Para que uma tubulação funcione, ela deve ser instalada em desnível, ou seja, inclinada para baixo. Assim, tudo dentro dela vai escorrer para baixo. Se a tubulação correr na horizontal ou mesmo para cima, será preciso criar pressão numa ponta para empurrar o conteúdo através dela. Também se pode criar subpressão; nesse caso, o conteúdo é sugado através da tubulação.

Para os mais curiosos:

Nossas cidades e casas são atravessadas por uma rede de tubulações. Isso é vital para nosso abastecimento. É preciso haver tubulações separadas para água limpa e água servida, isto é, a água depois de utilizada. O gás natural, usado para cozinhar e para aquecer, o ar que passa pelos aparelhos de ar-condicionado também correm por tubulações. Nos hospitais existem tubulações de oxigênio; na indústria são utilizadas tubulações para substâncias sólidas, como poeira e pó; para substâncias líquidas, como concreto líquido, ácidos, soluções alcalinas; e para substâncias gasosas, como vapor, ar comprimido e vácuo (subpressão).

Até mesmo objetos podem ser transportados dentro de tubulações. Em Paris, por exemplo, até há pouco tempo havia um sistema de correio tubular em que cápsulas com documentos ou peças pequenas eram transportadas por tubos.

Nas obras de demolição, é frequente vermos as tubulações descendo do telhado para uma caçamba colocada na rua. Lá de cima são jogados pedaços de telhas, tijolos e cimento, que descem até a caçamba de entulho por uma tubulação grossa, em geral formada por tubos de plástico encaixados um no outro.

Dica:
O princípio da tubulação existe em vários sistemas em que uma coisa se encaixa na outra. Se você observar os pinos de encaixe do LEGO, por exemplo, vai ver que eles são mais estreitos na parte de baixo, pela qual a peça se encaixa na outra. Procure objetos em que esse princípio é aplicado!

Que bela surpresa!

Dragão é como resfriado: é difícil livrar-se dele. Os pequenos cientistas perceberam isso.

A casa estava parada no alto de uma colina, que se erguia à beira de um lago.

De repente, Luísa até caiu da cama, de tão alto que foi o ruído lá fora. Carla correu até a janela e tapou o nariz.

– Que hálito horrível! É o dragão de fogo! – ela gritou, acordando os colegas.

De fato, lá estava o dragão, de olhos arregalados, espiando para dentro do quarto dos pequenos cientistas. Pelo visto não tinha escovado os dentes. Ainda bem que estava de boca fechada!

Vicente sempre ficava irritado quando era acordado muito cedo. Aquele dia não foi diferente.

– O que você quer, seu chato? – ele perguntou ao dragão, com grosseria.

O dragão sorria, amigável. Para um dragão não é fácil ser amigável. Mas ele estava se esforçando.

– Trouxe um ovo para vocês – ele disse, apontando orgulhoso para a porta da frente da casa.

Vicente desceu correndo, tentou abrir a porta, mas não conseguiu.

– Quer tirar o ovo da frente da porta, por favor? – ele pediu ao dragão.

Finalmente o menino conseguiu abrir a porta e, lá fora, ficou paralisado de espanto.

– ISSO é um ovo? – ele exclamou.

– Hum... é sim... por que não? – gaguejou o dragão.

– Isso é uma bola, não é um ovo! – Carla gritou lá da janela, batendo a mão na testa. – Essa não! Você nem sabe como é ovo de verdade!

– Ovos são ovais, não são redondos, seu bobo – explicou Vicente. – Se fossem redondos, sairiam rolando com muita facilidade. Veja!

Vicente apoiou-se no ovo, que reluzia de tão branco. O ovo saiu rolando pela encosta. Lá embaixo, caiu no lago e desapareceu.

– Ah, desculpe – disse o menino. – Não queria que isso acontecesse.

– Tudo bem – disse o dragão. – Não era ovo coisa nenhuma, eu só queria pregar uma peça em vocês. Mas, diga uma coisa, ovo tem que ser oval?

– Claro – disse Vicente, desenhando um ovo num papel para o dragão ver. – Sendo oval, ele não corre o perigo de rolar para muito longe. Por isso tem essa forma.

Já que estavam acordados, os pequenos cientistas resolveram aproveitar o vento para soltar pipa com o dragão. À tarde, fizeram churrasco, pois com o fogo que o dragão cuspia dava para assar carne e linguiça à vontade.

Saiba por que um ovo tem forma de ovo. Desse modo, vai ficar sabendo mais do que o dragão!

Você vai precisar de:
- 1 bola (uma bola de borracha ou de tênis de mesa)
- 1 ovo de galinha (de preferência cozido, para não fazer sujeira se cair)

Comece assim:
Simplesmente, coloque a bola e o ovo sobre a mesa.

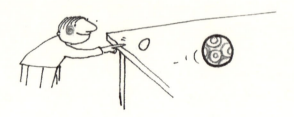

Continue assim:
Dê um piparote no ovo e outro na bola.

Veja o que acontece:
A bola sai rolando e, talvez, até caia da mesa. O ovo oscila, balança e, no máximo, se desloca descrevendo um arco.

E por que acontece:
A bola é uma esfera, e uma esfera é completamente redonda, em toda a sua extensão. O ovo é oval. Sua superfície externa é toda curva, mas não é redonda de todos os lados. Assim, ele tem uma extremidade mais pontuda e outra mais rombuda, mais chata. Por isso, ele não rola como uma bola. Por outro lado, o ovo cozido rola com mais facilidade do que o cru. O ovo cozido é sólido por dentro. O ovo cru é mole, quase líquido, por isso seu conteúdo se mexe e acaba freando seu movimento de rolar. O ovo cru é mais inerte do

que o cozido. É como se a própria natureza impedisse que os ovos de uma ninhada rolassem para longe da ave que a está chocando.

Observações interessantes:
- Os ovos das aves têm uma forma bastante especial, única na natureza. Por causa dessa forma, eles têm pouca mobilidade e não correm tanto perigo de se deslocar e quebrar.
- Por causa da sua forma e da sua casca fina e dura, os ovos de aves são muito resistentes. É difícil um ser humano conseguir quebrá-los apertando-os na mão.
- Os animais vivíparos são aqueles que se desenvolvem dentro da mãe e, ao nascer, saem vivos do corpo dela. Os animais ovíparos produzem ovos que se desenvolvem e eclodem fora do corpo da mãe. Os mamíferos são animais vivíparos. As aves são animais ovíparos.

Para os mais curiosos:
Quando falamos em "ovo", quase sempre pensamos nos ovos de aves. Mas muitos outros animais também se reproduzem botando ovos: os crustáceos, a maioria dos insetos, dos peixes e dos répteis são animais ovíparos.

Há animais que botam seus ovos e não precisam mais cuidar deles; é o caso dos batráquios, como sapos, rãs e pererecas, que simplesmente depositam seus ovos na água e eles se desenvolvem, formando os girinos. As aves, por sua vez, depois de botar os ovos precisam chocá-los com o calor de seu corpo até que eles se desenvolvam completamente e os filhotes quebrem a casca para nascer. Em geral, os animais que não chocam botam um número muito maior de ovos, pois é grande a quantidade dos que não sobrevivem. Há algumas espécies de sapos que botam até 12.000 ovos na água e desaparecem em seguida. Outras botam apenas 24 ovos, mas os carregam consigo numa prega dorsal. As minhocas botam até

60 milhões de ovos por ano; as carpas, 750.000; as aves, na natureza, no máximo 30.

Os ovos de galinha não são os únicos que nós, humanos, gostamos de comer. Os ovos de avestruz e de codorna são cada vez mais consumidos, as ovas de peixe são muito apreciadas. As do raro esturjão, também chamadas de caviar, são consideradas uma iguaria requintada.

Dica:
Compare um ovo cru com um ovo cozido duro. Qual a diferença entre os seus movimentos? Qual deles é mais fácil fazer rolar e quanto tempo ele rola?

Por fora, ovos crus e cozidos são iguais. Mas há uma maneira simples de diferenciá-los: se você impulsioná-los para girar, o ovo cozido vai girar como um pião, ao passo que o ovo cru vai apenas balançar.

Adeus aos dragões

Acontece que o dragão era uma fêmea e botou um ovo de verdade, muito grande e branco como lençol novo. Encantado, começou a andar em volta do ovo, limpando e lustrando sua casca branquinha.

– Ele não tem nenhuma experiência – Vicente cochichou para Carla.

Então, com voz muito meiga, Carla disse:

– Amigo dragão, desculpe, mas ovo não é automóvel. Ovo é para ser chocado. Vamos, faça o que tem que ser feito.

– Eu, chocar um ovo? Ah, não, que tédio.

– Mas, se você não chocar esse ovo, não vai nascer dragãozinho nenhum.

Muito a contragosto, o dragão se pôs em cima do ovo. Fazia muito calor, o coitado transpirava o tempo todo, sem poder dar nem uma voltinha para arejar um pouco.

O fato é que o ovo foi se desenvolvendo e, depois de um tempo, alguma coisa começou a estalar debaixo do dragão. E logo uma voz fininha reclamou:

Pasta de amido   93

– Ufa, que calor! Quer sair de cima de mim, por favor?

O dragão-mamãe se levantou e se encheu de orgulho quando viu seu filhotinho lindo e cor-de-rosa. Os pequenos cientistas ficaram encantados com o dragãozinho.

E como era inteligente o danadinho, já sabia até cuspir fogo. Ainda era um foguinho meio fraco, mas já dava para acender uma vela de aniversário.

Depois de admirarem por um tempo o recém-nascido, o dragão disse:

– Bem, amigos, sinto muito, mas agora preciso voltar com meu bebê para minha terra, a Dragolândia. Só lá ele vai poder aprender o que é preciso para ser um dragão de verdade: jogar bolas de fogo, assar linguiças bem crocantes e sequestrar donzelas em castelos.

À noite, depois de um churrasco de despedida, o dragão-mamãe e o dragão-bebê partiram para a Dragolândia. Os pequenos cientistas ficaram vendo os dois se afastarem. As labaredas que o dragão soltava para iluminar o caminho foram diminuindo até se apagarem por completo.

Mas no dia seguinte, para surpresa de todos, lá estavam de novo o dragão e o dragãozinho.

– Precisamos da ajuda de vocês – disse o dragão-mamãe. – No caminho há um pântano que não conseguimos atravessar.

Os pequenos cientistas refletiram por um tempo. Então, Luísa exclamou:

– Acho que tive uma ideia! – e saiu correndo para o porão. Constatou satisfeita que os sacos ainda estavam onde imaginava. E lá debaixo ela chamou o dragão para ajudá-la.

Luísa e o dragão levaram os sacos para cima, e a menina ia dando as ordens:

– Levem os sacos e despejem no pântano o pó que está dentro deles. Depois é só atravessarem o pântano aos pulinhos. Mas, atenção, não parem, pulem sem parar, senão o pó mágico não funciona – ela finalizou, misteriosa.

O dragão empilhou os sacos com o pó misterioso sobre os ombros, pegou o dragãozinho pela mão e retomou o caminho. Horas depois, os pequenos cientistas viram ao longe uma nuvem de poeira, levantada pelos dragões saltitantes.

– Viva! Eles conseguiram atravessar! – gritaram em coro.

Descubra o segredo do pó mágico que ajudou os dragões a atravessar o pântano!

Você vai precisar de:
- 1 vasilha
- 1 colher de chá
- amido de milho
- água
- 1 mesa de cozinha vazia

Comece assim:

Coloque mais ou menos 5 colheres de chá de amido de milho dentro da vasilha.

Continue assim:

Acrescente um pouquinho de água e vá mexendo bem devagar, até que a mistura se transforme numa pasta grossa.

Pasta de amido

Veja o que acontece:

Se você mexer mais rápido ainda, a pasta vai se solidificar e deter seu movimento. A colher vai ficar bem espetada, como se alguém a estivesse segurando. Se você a soltar, ela cairá para o lado.

Bata com a polpa do dedo rapidamente e com força sobre a pasta. A superfície vai ficar dura como cimento e impedir seu dedo de mergulhar nela. Agora, lentamente, enfie o dedo de ponta e ele conseguirá afundar na pasta. Ela reagirá de acordo com o que você fizer.

Derrame um pouco de pasta na mesa, deixando escorrer um pouco pela borda da vasilha. Ao balançá-la para os lados, a pasta permanecerá dura feito gelo. Mexa a vasilha de cima para baixo, levante-a da mesa, e você verá que um pouco de pasta levantará junto. Despeje um pouco da pasta numa caneca. Se você virar a caneca de ponta-cabeça, com um movimento rápido, a pasta não vai cair. Com o amido de milho, você fabricou uma pasta mágica. Ela não tem cheiro nem gosto de nada. Isso é típico dos amidos.

E por que acontece:

Dá para fazer uma pasta com ingredientes bem simples e que tenha essa característica. Ela pode ser líquida e também sólida. Depende da maneira de manuseá-la. Estamos acostumados aos estados sólido, líquido e gasoso. A água, por exemplo, pode ser sólida (gelo), líquida (água) ou gasosa (vapor), mas nunca duas coisas ao mesmo tempo, sólida e líquida, por exemplo. Esta pasta, sim.

Observações interessantes:
- Geralmente, as substâncias são ou sólidas, ou líquidas, ou gasosas.
- Algumas substâncias podem alterar suas características dependendo da forma como se lida com elas.

- Dá até para correr em cima de uma pasta de amido porque ela se torna sólida quando a tocamos rapidamente. Se ficarmos parados, vamos afundar nela.

Para os mais curiosos:

Os responsáveis por um comportamento desse tipo de pasta são os grânulos minúsculos de amido, que não se dissolvem na água, mas apenas se misturam com ela. O nome técnico dessa mistura é "suspensão". Se apertarmos essa suspensão de amido de milho, a água jorrará para fora por entre os grânulos de amido, e estes se atritarão uns contra os outros. Com isso, eles ficarão grudadinhos, e a suspensão se tornará sólida. Se soltarmos, eles se espalharão novamente na água.

Se despejássemos amido de milho dentro da banheira com água, poderíamos andar sobre a superfície se fôssemos bastante rápidos. Só que, assim que parássemos, afundaríamos. Experimentos parecidos, em que pessoas andam sobre uma suspensão de amido de milho, podem ser vistos na internet.

A propósito, todo líquido, no fundo, se comporta como a suspensão de amido de milho, pois precisa de algum tempo para dar lugar quando o comprimimos. Isso pode ser sentido, por exemplo, quando pulamos na piscina. A superfície da água também resiste, num primeiro momento, antes de se abrir e deixar nosso corpo mergulhar.

Dica:

Na loja de brinquedos, você pode encontrar massinha mágica, que funciona exatamente como o seu mingau mágico. E até um pouco melhor! Quando a deixamos em repouso, ela desmancha devagarzinho. Mas com ela podemos até fazer uma bola, que vai quicar como uma bola de borracha.

Cuidado, a barragem se rompeu!

Uma vez por semana, os pequenos cientistas organizavam seu "dia de catástrofe". Nesse dia, alguma coisa estapafúrdia, perigosa ou inútil tinha que ser experimentada. Aquele era o dia de catástrofe.

– O que vocês acham de uma erupção vulcânica? – perguntou Vicente.

Ninguém se entusiasmou com a ideia.

– Já sei – disse Carla –, vamos represar o riacho!

Maravilha! Que ideia genial! Com exclamações de entusiasmo, os pequenos cientistas saíram correndo para o riozinho mais próximo.

Na mesma hora começaram a construir uma barragem, que logo se transformou num colosso. Ficou tão alta que era preciso formar uma coluna de quatro crianças para que a de cima conseguisse olhar por cima da barragem. Sem dúvida, ela poderia represar uma quantidade de água que daria para encher milhares de banheiras. Os pequenos cientistas observavam sua obra satisfeitos e orgulhosos. Foi então que começou!

No início, apareceu uma rachadura bem estreita na barragem e por ela a água começou a vazar. Mas a fenda foi aumentando e logo ficou evidente a ameaça de uma imensa inundação.

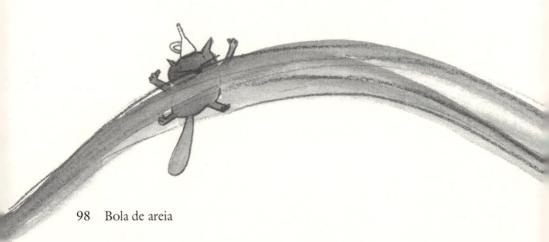

98 Bola de areia

– Que maluquice! O que fizemos? – gritou Luísa. – Temos que fazer alguma coisa para que a correnteza não arraste nossa casa!

– Vamos protegê-la com sacos de areia – propôs Vicente.

– E você pode me dizer onde vamos arranjar sacos de areia? – perguntou Luísa.

Então, Carla teve uma ideia:

– Não temos sacos de areia, mas vamos usar bexigas para construir um muro de proteção em torno da nossa casa.

– Mas aí ela vai levantar voo e nos carregar! – Luísa gritou, desesperada.

– Nada disso – Carla disse, tranquilizando a amiga. – Vamos encher as bexigas de areia e depois empilhá-las. Vai dar certo, você vai ver.

Dito e feito. Sem perder tempo os pequenos cientistas saíram em busca de bexigas e voltaram com as mãos cheias. Rapidamente, encheram as bexigas com areia e as empilharam em volta da casa, formando um muro. Quando estava quase tudo pronto, aconteceu: a barragem se rompeu e a água escoou formando uma correnteza

forte. Mas o muro era tão compacto que a água contornou a casa. Beleléu não molhou nem as patas!

Toda feliz, Carla continuou tendo ideias:

– Quando toda a água tiver escoado, vamos poder brincar com as bexigas de areia.

E foi isso que eles fizeram. Quem ficou mais feliz foi Beleléu!

Mesmo que não haja inundação, é interessante fabricar bexigas de areia. Você quer experimentar?

Você vai precisar de:
- 2 bexigas
- areia
- 1 funil de cozinha
- 1 tesoura sem ponta

Comece assim:

Enfie o funil no bico de uma bexiga e vá despejando areia, até que a bexiga fique mais ou menos do tamanho de uma bola de tênis. Para isso, você terá que ir alargando a bola com as mãos. Num dado momento, você vai achar que não cabe mais areia na bexiga. Quando isso acontecer, estique o bico dela no sentido do comprimento para que continue se enchendo de areia. Vá empurrando a areia para a "barriga" da bexiga.

Bola de areia

Continue assim:

Quando a bexiga estiver do tamanho de uma bola de tênis, dobre o bico sobre a "barriga" cheia da bexiga. Corte com cuidado o bico da segunda bexiga para que ela fique com um buraco. Pegue essa segunda bexiga e estique-a cuidadosamente sobre a bexiga cheia de areia, ou seja, envolva ou "vista" a primeira bexiga com a segunda. O bico da primeira bexiga vai ficar coberto pela segunda e não deixará escapar areia. Então você poderá brincar com sua bola de areia. Aperte-a e observe o que acontece.

Veja o que acontece:

A bexiga de areia conserva a forma que você dá a ela. Tente esculpi-la como se fosse massinha de modelar.

E por que acontece:

Os grãos de areia não são redondos, mas facetados. E também são duros. Quando pressionados, eles se agarram uns aos outros. Dentro da bexiga, os grãos de areia se apertam uns contra os outros. Como a areia não pode sair da bexiga nem correr livremente dentro dela, ela vai pressionar a membrana da bola, fazendo-a mudar de forma. Por isso dizemos que a bexiga de areia é maleável. Por outro lado, a membrana da bola aperta a areia e faz com que seus grânulos fiquem grudados uns nos outros. Além disso, a umidade da areia age como cola entre os grânulos de areia, permitindo que a bola se mantenha na forma que você lhe dá.

Observações interessantes:
- A areia dentro da bexiga se comporta como massa de modelar. Uma "bola de areia" conserva a forma que damos a ela quando a pressionamos. Isso acontece por causa dos grãos de areia, que se grudam uns aos outros.
- É mais fácil trabalhar a areia úmida do que a areia seca porque a água age como cola entre os grãos. Também por isso é mais fácil construir castelos com areia úmida do que com areia seca.
- Quanto menor o espaço entre os grãos, melhor eles aderem uns aos outros. Assim, cada grão de areia tem contato com a maior quantidade possível de grãos em torno dele. Quanto maior o contato entre os grãos, mais compacta fica a areia. A bexiga mantém os grãos obrigatoriamente "apertados" uns contra os outros, pois sua membrana os comprime.

Para os mais curiosos:
A areia é feita de minúsculos grãos de pedra, de minerais. Os maiores chegam a atingir 2 milímetros, o que corresponde ao tamanho de uma cabeça de alfinete. Como os grãos de areia são muito pequenos e leves, eles podem ser carregados pelo vento, que os fricciona nas rochas como papel-lixa. Podemos observar as marcas que se produzem nas rochas quando elas sofrem abrasão constante. Isso também é usado numa técnica denominada jato de areia: grãos de areia de arestas cortantes são lançados fortemente contra paredes, muros, pontes ou portas metálicas para remover a sujeira ou a ferrugem. Também é esse o princípio da produção do vidro jateado – com jatos de areia, o vidro é "lixado", tornando-se fosco.

Às vezes, também encontramos areia nos bolsos de alguma calça *jeans* que acabamos de comprar. Como ela vai parar lá? Esses *jeans* são *stone washed*, ou seja, "lavados com pedra". Eles são lavados junto com pedras-pomes para que a cor e o tecido se desgastem, dando-lhes aparência de usados. Na lavagem, a pedra-pomes é triturada e se transforma em areia, e uma parte dela é levada para dentro dos bolsos da calça. É exatamente assim que surge a areia na natureza: as pedras sofrem abrasão, e o que resta é areia.

Dica:
Experimente também encher bexigas com diferentes tipos de material e observe como se comportam. Teste areia seca e úmida, areia grossa e fina, ervilhas, grãos de arroz, farinha, açúcar, pó para pudim, amido de milho etc. Tente observar: o que sente ao tocar a bola? O que ouve quando a toca? É fácil ou difícil amassar a bola? Como e por quanto tempo ela conserva sua nova forma?

Tente também observar a areia através de uma lupa potente e veja como ela é constituída.

Deitados mas em pé

Já estava escuro e os pequenos cientistas não aguentavam mais. Tinham andado o dia inteiro, seus pés estavam doendo e, além disso, estava muito escuro. Eles tentavam enxergar o caminho com suas lanternas de bolso. Finalmente, Luísa se manifestou:

– Amigos, não vamos conseguir voltar para casa hoje. É melhor dormirmos aqui.

– Você só pode estar brincando – resmungou Vicente. – Aqui está cheio de lama, veja só os meus sapatos. Não vou deitar no chão, não sou porco-do-mato.

Tinha acabado de chover e agora soprava um ventinho morno.

– Aqui, não dá mesmo para a gente deitar – disse Carla –, temos que ter outra ideia. Vamos todos pensar com força.

E foi o que eles fizeram.

Foi justamente Vicente quem primeiro se manifestou.

– Já sei! – ele gritou. E enunciou uma charada: – Vamos deitar, mas ficar de pé. Vamos deitar, mas não no chão. Não temos cama, mas temos colchão. Amigos cientistas, como será isso?

– Não é possível – disse Luísa, encolhendo os ombros.

– É, sim – disse Vicente.

Ele distribuiu os colegas em grupos de quatro. Imaginando um quadrado traçado no chão, colocou cada um dos membros do primeiro grupo num ângulo do quadrado. Depois cada um dobrou os joelhos e apoiou o tronco no colo do vizinho. E assim fizeram as crianças de cada um dos grupos. Parecia mágica, mas funcionou. No fim, os pequenos cientistas de cada grupo estavam deitados, com os pés encostados no chão, ou seja, estavam deitados mas em pé. Na manhã seguinte, os raios de sol acordaram as crianças. Devagar, elas se desencaixaram umas das outras e se levantaram.

– Estou com o corpo meio dolorido, mas consegui dormir. Estou em forma. Quem mais conseguiu descansar?

A maioria dos pequenos cientistas levantou o braço, e Vicente recebeu muitos tapinhas nas costas por ter tido aquela ideia.

– Podemos fazer isso de novo, mas é melhor que seja só em caso de emergência – ele disse, rindo.

Decerto você vai querer saber como Vicente conseguiu fazer os amigos deitarem ficando em pé. Você pode tentar fazer o mesmo com quatro amigos.

Equilíbrio   105

Você vai precisar de:
- 4 amigos
- 4 cadeiras ou banquinhos

Comece assim:

O mais difícil nesta experiência é dispor as cadeiras do jeito certo. Arrume-as em forma de quadrado de modo que os encostos fiquem para fora. Cada um de seus amigos se senta de lado numa cadeira, de maneira que o encosto fique à direita dele, ou seja, de modo que os quatro fiquem de costas um para o outro. Os joelhos deles, por sua vez, também vão formar um quadrado. É muito importante que os pés de todos toquem o chão. Por isso, as cadeiras não podem ser muito altas.

Se você usar banquinhos, vai ser a mesma coisa, só que não vai haver encostos.

Continue assim:

Cada criança deve se deitar para trás, até apoiar o tronco na coxa de quem está sentado atrás dela. Depois que todos estiverem com as costas bem apoiadas, tire as quatro cadeiras, com muito cuidado.

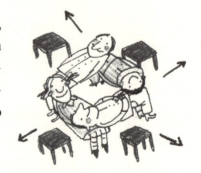

Veja o que acontece:

Seus amigos não vão cair! Mesmo sem as cadeiras, eles continuarão na mesma posição: um apoiado no outro, só com os pés no chão.

E por que acontece:

Nessa posição, as pessoas se estabilizam umas às outras. O peso de cada uma é sustentado pelas pernas de quem está atrás. Assim, forma-se uma construção que se sustenta por si mesma.

Observações interessantes:
- Caixas de papelão, dessas usadas para embalar coisas pesadas, ficam fechadas quando se encaixam as quatro abas da tampa de modo que cada uma fique por baixo de uma e por cima de outra. Não é preciso fechá-las com fita adesiva.
- Nas casas feitas com vigamento de madeira, as vigas sustentam umas às outras. Assim, a estrutura de madeira é estável por si só, não importando os tijolos que as preenchem.
- As antigas pontes de ferro são feitas de vigas de metal e, por isso, sustentam a si mesmas.

Para os mais curiosos:

Esta experiência nos dá um bom exemplo de estática. Mas ela só funciona quando os corpos formam um quadrado. Se colocássemos as pessoas em fila e mandássemos que a pessoa da frente se deitasse sobre a perna da pessoa de trás, ela cairia.

A construção só é estável com a disposição em que o fim se fecha com o início – como a cobra que morde seu próprio rabo. O problema da estabilidade também existe na hora de instalar uma simples estante de parede, daquelas que parecem uma escada, em que as prateleiras são apenas suspensas. Para que ela não cambaleie para

Equilíbrio 107

os lados, é preciso que seja escorada, na parte de trás, por tábuas ou travessas, de preferência em cruz.

Dica:
Tente usar mais de quatro crianças nesta experiência, colocando as cadeiras em círculo. Se não conseguir juntar um número suficiente de crianças, você também pode surpreender os adultos com a brincadeira. Só não dá para misturar adultos e crianças, porque os adultos são maiores e mais pesados. As pessoas que participam de uma experiência deste tipo devem ter constituições físicas parecidas.

Salvando o monstro!

Aquele dia a casa dos pequenos cientistas parou num lugar que as crianças tiveram a estranha impressão de já conhecer.

Ao olhar de manhã pela janela, Vicente gritou:

– Aposto com quem quiser que este é o lago Molhado!

– Só que agora está mais parecendo um lago Seco – disse Carla.

De fato, os grandes rochedos e o vale escuro estavam lá. Mas faltava a água, onde morava o monstro do lago.

– E onde está o monstro? – perguntou Luísa, olhando em volta.

Nesse momento, as crianças notaram uma nuvem de poeira que vinha se aproximando.

Vicente pegou a luneta, mirou a nuvem de poeira e gritou:

– Estou achando essa nuvem muito suspeita!

Na verdade, quando a nuvem se aproximou, deu para ver: quem levantava aquela poeirada toda era o monstro. Como ele estava mudado! Do tamanho de um *poodle*, chegou correndo, assustado.

– Até que enfim vocês chegaram! – ele disse, ofegante, olhando para os pequenos cientistas com ar desvairado. – Aquele tubo que vocês inventaram quase acabou com a minha vida. A água se foi toda. Vocês secaram meu lago Molhado.

Absorção 109

As crianças engoliram em seco. Tinham feito a água escoar, com a melhor das intenções (veja pp. 38 ss.).

– Vejam só, estou murcho como uva-passa – continuou o monstro, em tom de lamúria.

– Sentimos muito – desculpou-se Carla.

Os pequenos cientistas se reuniram para pensar juntos numa solução para o caso. Depois de mais de meia hora de discussão, Carla anunciou:

– Vamos transformar seu lago num lago Molhado de verdade. Você vai voltar a ser grande e forte. Está prometido. E promessa é dívida!

As crianças pegaram todos os rolos de papel-toalha que encontraram na casa e correram para um lago situado um pouco acima. Mergulharam nele a ponta de um rolo de papel-toalha e foram andando devagarinho rumo ao lago Molhado, desenrolando o papel. E assim foram fazendo com todos os rolos. Em pouco tempo, viam-se várias faixas compridas de papel-toalha ligando o lago cheio ao lago seco. Gotas de água começavam a pingar e uma pequena poça já tinha se formado dentro do lago Molhado.

– Vá até aquela poça e comece a beber água. É o jeito de você voltar a crescer – disse Luísa.

O monstro fez o que ela disse. Na manhã seguinte, ele já estava do tamanho de um leão-marinho, e o lago já tinha um metro de água.

Quer saber como se enche um lago com papel-toalha? Então, faça o experimento a seguir.

Você vai precisar de:
- 2 copos
- água
- 1 folha de papel-toalha

Comece assim:

Encha um copo com água e deixe o outro vazio. Depois, vá dobrando a folha de papel-toalha no sentido do comprimento até obter uma tira da largura de um dedo mais ou menos.

Continue assim:

Agora, coloque cada extremidade da tira de papel dentro de um dos copos. A parte que fica dentro do copo cheio deverá mergulhar na água.

Veja o que acontece:

A tira de papel absorve imediatamente a água do copo. Depois que o papel fica todo encharcado, você pode observar que a água começa a pingar dentro do copo vazio.

Depois de meia hora, vai se formar uma poça-d'água no fundo do copo vazio. Depois de várias horas, os dois copos estarão igualmente cheios – o copo cheio se esvazia e o vazio se enche. O papel é o intermediário dessa troca.

E por que acontece:

O papel absorve a água. Você já sabe que isso acontece com o papel-toalha, com os lenços de papel e com o papel higiênico. Mas ele não só absorve água como também conduz a água, quase como se fosse uma tubulação. Como isso acontece?

O papel é feito de muitas fibras colocadas bem próximas umas das outras. Quanto mais próximas estiverem, mais a água conseguirá subir por elas. Quando os dois copos tiverem a mesma quantidade de água, essa transposição acaba.

Observações interessantes:
- O papel absorve líquidos. Assim, o papel-toalha absorve a água do copo cheio e a transporta para o copo vazio, como se fosse um cano.
- A água vai cair no copo vazio enquanto o nível de água estiver mais baixo do que no outro copo.
- Os muitos tubinhos do papel, as fibras do papel, funcionam juntos como um único tubo, um canudo, por exemplo.

Para os mais curiosos:
O papel é fabricado a partir da madeira, que vem das árvores. Através do tronco, dos galhos e ramos, a madeira conduz a água das raízes até a copa da árvore. Isso acontece dentro de vários tubinhos, finos como um fio de cabelo, as chamadas fibras. É dessas fibras que o papel é feito. Por isso geralmente ele absorve muita água. Usando tratamentos especiais na fabricação do papel, consegue-se fazer com que ele não absorva água. Se não fosse assim, tudo o que fosse escrito ou impresso com tinta se apagaria. Para que o papel não absorva água, ele recebe, entre outras coisas, uma fina camada de cola.

Como as fibras de papel são muito finas e estão dispostas bem próximas umas das outras, as chamadas forças capilares atuam sobre a água. Elas são mais fortes que a gravidade, de forma que a água é sugada. Ela praticamente sobe sozinha pelas fibras de papel, que formam os capilares, que são tubinhos bastante estreitos e finos.

Dica:
Tente fazer este experimento também com outros ingredientes. Ligue os dois copos, por exemplo, com lenços de papel, lenços de tecido, fios de lã, um cordão ou cadarço. Com qual deles o experimento funciona melhor?

Sobre o autor e a ilustradora

Joachim Hecker (www.joachim-hecker.de), engenheiro de formação, nasceu em 1964, em Mainz, Alemanha. Trabalha como redator e repórter na redação científica da Rádio WDR, em Colônia.

Há mais de seis anos, transmite noções de ciências naturais de forma divertida e fácil em séries de programas de sucesso na Alemanha. Este é seu terceiro livro, com o qual pretende despertar o interesse e o prazer das crianças pelas ciências naturais.

Joachim Hecker é casado e tem uma filha.

Sybille Hein (www.sybillehein.de) nasceu em 1970, em Wolfenblüttel, Alemanha, e estudou desenho na Escola Técnica Superior de Criação de Hamburgo. É uma das ilustradoras mais solicitadas da Alemanha. Por suas obras, recebeu vários prêmios, dentre eles o Prêmio Austríaco do Livro Infantojuvenil de 2006. Quando Sybille Hein não está desenhando, está criando roupas infantis, trabalhando como pianista de *jazz* em um musical infantil, viajando pelo país com seu cabaré psicopop ou se divertindo com o filho, Mika, e o namorado, Jochen.